真夜中は、自分時間。

日日是「稿」日

山下國人
YAMASHITA KUNITO

幻冬舎MC

真夜中は、自分時間。

――日日是「稿」日――

まえがき

これは熊本日日新聞の「読者ひろば」に投稿した原稿を製本したものである。

いつの頃からかビール1本の晩酌付き夕食後9時頃を過ぎると眠くなり、うたた寝して深夜の12時頃に目覚めるようになった。新聞2紙（日経・熊日）を再読しながら、漫然と深夜のテレビを見ていると頭が冴えてくる。毎日午前1時くらいから3時頃まで真夜中に愛用のタブレットで興味ある事項を検索していたら、文章も書きたくなってきてキーを叩くようになった。そして2度寝が習慣になった。新聞配達が来る前にはベッドインしたので6時間の睡眠時間は確保した。

それまで「読者ひろば」には時々投稿しては掲載されることもあったが、２０１７年5月9日から12月31日までは毎日投稿した。当時の文字数制限は４５０字。４５０字丁度に文章をまとめる作業が快感になり、「起承転結」「てにをは」を考えるだけでも頭の体操になる。紙面に掲載されだすと知人等から声をかけられるようになり、嬉しくなってきた。

古希前の8カ月間、今日も今日も、と書き続けていたら、毎日投稿しないと一日が終わらなくなりノルマになった。政治経済、世界情勢、当時の世相等々とテーマはいろいろあり、身辺雑記なども思いつくままにタブレットに向かった。70歳に向けてのささやかな記憶を残そうとしたのかもしれない。毎日毎日書き続けてきたことは生活の中で考えてきたことの記録でもある。なお、テーマによっては過激とも思える箇所もあるが当時の心情を表現したものであるのでそのまま記載した。また、ページ数の関係で20日分の投稿をカットした。

５年後に出版が実現するとは思わなかった。当時は原稿を読み直していて気恥ずかしかったからだ。本年1月に、いわゆる後期高齢者となる歳になった。我々世代は一般的には団塊世代（１９４７年~１９４９年生まれ）といわれていて人数が多い。またほとんど話題にはならないが、敗戦後の連合国軍占領下（１９４５年9月2日~１９５２年4月28日）に生まれたので多種多様な価値観世代でもあり、戦後の自由を謳歌した世代でもある。

何か記念になるものはないかと考えていたらこの原稿を思い出し、幻冬舎ルネッサンスから出版していただいた。ご担当の皆様に心から感謝申し上げる。

２０２３年12月　天草市乙女蛇の寓居にて

もくじ

※登場する人物の所属先や肩書きは2017年当時のものです

2017. 4. 29

言ってはいけない

　ある一流ホテルであった東京の税理士による講習会でのこと。そこであいさつした代表者はハキハキした口調で
「今話題になっているようなブラック企業はあり得ません。そんな企業があるとすれば市場で淘汰され遅かれ早かれ潰れますので心配いりません。世の中にあるのはブラック人材です」。

　聴いていた人たちはシーンとして、私もちょっと驚いたが、あるかもしれないと内心納得した部分もあった。

　失言して辞任に追い込まれた今村前復興大臣は「関東で起これば大惨事」でとどめて、「東北でよかった」とつけ加えなければ東日本大震災の被災者を傷つけることもなかっただろう。言いたいことはよく分かるが、言葉足らずだったり逆に余計な言葉を加えたりして誤解を生じたりすることは誰でも経験はあると思う。立場のある人の失言は影響が大きいので騒がれるのだろう。

　橘玲著『言ってはいけない』（新潮社、２０１６年）という本も出ていて、一般人も心しなければならない時代になったようだ。

2017.5.1

軍事費

風雲急を告げる朝鮮半島情勢だ。米原子力空母カール・ビンソンが日本海に入りつつあり、日本の護衛艦2隻も併走中だ。

一方北朝鮮は朝鮮人民軍創建85年記念日に過去最大規模の砲撃訓練を実施し、米韓両軍も北朝鮮との軍事境界線近くで統合火力訓練を行った。

カール・ビンソンは北朝鮮に圧力をかけ続けるため当面日本周辺海域にとどまりながら、横須賀基地で定期点検中の原子力空母ロナルド・レーガンと交代させるなどして数カ月間は空母を常時展開する可能性があるという。また最新鋭迎撃システム終末高高度防衛ミサイル（THAAD）を韓国南部に搬入、巡航ミサイル原潜ミシガンも周辺海域に投入した。これらの米軍との訓練や軍事展開には莫大なコストがかかり、どこの国が負担するのか。考えられるのは韓国と日本であろう。国民には知りようもない軍事費の機密だ。旧大日本帝国海軍山本五十六提督の「百年兵を養うはただ平和を守るため」というものの、最小費用で最大効果が上がるように政治外交に総力を挙げてもらいたいものだ。

平和な国際社会になれば不必要な費用なのだが。

2017. 5. 2

端午晴れ

五月晴れにこいのぼりの泳ぐ姿は、なんとも気持ちの良いものだ。名前旗に武者絵のぼり、それに従う五色流しや緋ゴイに真ゴイ、青や金のコイまである。少子化の天草では多くはないが、男の子ここにありと声高らかに宣言している。身内やご近所さんからもお祝いをいただくので祝い膳も弾む。

わたしも38年前、自宅の横に息子のこいのぼりを立てた。弟の長男と同時に2本の名前旗を揚げてもらった。双子と間違われたが、孫が同時に節句祝いになり、母がとても喜んでいた。今年はわたしの2回目の孫の端午の節句である。15年前は次女の、今度は長女の嫁ぎ先の前庭にこいのぼりがはためいている。親御さんは、風が強くてのぼりの重りが役立たないとこぼしながら、孫のこいのぼりを見つめてうれしそうだ。娘夫婦も、やっと生まれた1歳3カ月の歩き始めた我が子を囲み、幸せに過ごしているようである。

わたしは感慨にふけり、父を思い出した。わたしの結婚直前に亡くなり12人の孫の顔も知らないが、ひ孫の名前旗を立てる杉柱に飾った矢車が春風に鳴る音は、亡父の喜びの声だろう。

「端午晴れ　この日のための　名前旗」

2017. 5. 3
読者ひろば

私は熊本日日新聞の読者投稿コーナー「読者ひろば」や「ハイ！　こちら編集局」、そして読者が推薦する本を紹介する「わたしの三つ星」が好きで、よく投稿している。下手の横好きなのでほとんど採用されないが、毎日、新聞を開くのが楽しみでもあり、チョッピリガッカリでもある。一喜一憂するのも生きてる証しだ。

ここは多方面の意見を投書する「読者の声」欄ではないのだし、主張提言欄もあるのでそれはそれでいいのだが、できれば「ボイス欄」も作り、記事や評論家の断定的な論評への賛否などもっと掲載されれば、読者間の声の交流で活気づくと思う。

投稿者の半数近くが60〜70代だという。経験もあり、世間のいろいろな面を考えて表現できる世代だろう。

私の場合は3つくらいの投稿目的がある。1つは文章を書くことが私のストレス解消法。会社を経営しているので気分転換になる。2つは物事を考え調べて愛用のタブレットを操作することで頭の体操になる。認知症対策だ。3つは掲載されると自分の文章を読んでもらえる上、知人より連絡が来るのも嬉しいし、何よりも図書券がいただける。孫へのプレゼントに最適である。450字の効用だろう。

2017. 5. 5
熊本城

ここへ来てやっと熊本城天守閣再建論議を再びスタートラインに立たせようという意見が表に出てきた。熊本市内に居住していない県民にとっては、なぜ性急に鉄筋コンクリートでの再建を結論づけるのかが分からないのだ。２０１９年までに完成させるとは冗談に思えるのである。石垣の修理だけでも相当の年月がかかろうし、19年までに木造新築の調査設計を行うというのならよく分かる。県内識者の論評も奥歯にものがはさまったようなどっちつかずで言葉を濁していた。１００年の後悔になるだろうに。

大阪城は戦前に、名古屋城は昭和の熊本城再建の前年に鉄筋コンクリート造りで再建されたのは周知の事実だが、大阪城は外部にエレベーターを増設していてがっかりするし、名古屋城は耐震不足である上に図面等資料があるので、木造で再建するのが自然な流れと思う。手間とカネをかけても本物をつくろうという思いは国民に伝わるし、伝統建築技術の継承や歴史文化財の再建という大目的に向けて異論はないのではないか。

木造再建派はとても多いが、鉄筋コンクリート再建を早々に結論づけているので表に声が出ないだけだ。熊本城天守閣にとっては１４０年振りに本物の建築へ向かう良い機会であると思う。

2017.5.6

座るレジ係

最近の新聞（5月3日付日経）に載ったスイス在住の日本人主婦のオピニオン投稿に興味を持った。その提言は「レジ係は座って接客しよう」。女性ならではの視点だろう。英米では座るのが当たり前だそうだ。無駄なストレスを取り除くために、職場や社会のあり方を徹底的に見直すべきと提案している。

日本のスーパーのレジ係のマニュアル化した作業は、レジ機器に従うロボットのようにも見え、機械的になりがちだ。もっと自然な接客にならないものだろうか。

立ったままの神経を使う業務は心身の疲労をもたらす。座ってやれば疲れが少ないので体力に自信のない高齢者でも働ける。

現在では、サービスの行きすぎや過剰による長時間労働の見直しが始まっている。サービス業、小売業などでは人手不足が慢性化していて、営業時間短縮やセルフサービスが多くなってきた。迅速正確便利な宅配便の過酷な労働実態も表面化し、業務見直しと大量の従業員の採用を始めている。

便利さ追求の行き着く先は過剰サービスになり、過重労働とコスト増につながる。まだまだ職場や社会のあり方の改善余地は多いのではないか。古人いわく「吾唯足るを知る」とは過剰を求めないことだろう。

2017. 5. 9

地元資本の弱体化

グローバル経済への反感が世界を覆っているように見える。自国経済への影響が無視できないレベルに来て、国内企業の海外移転が進み、雇用の維持ができなくなってきているのだ。国内では中央大手資本による地方進出が地元資本の弱体化に拍車をかけている。

この二つの構図は重なって見える。両方とも経済統計上は伸びているので、行政や消費者には歓迎されているのだ。有名ブランドの進出は、地方でも都市と同じものが身近で購入でき便利になっている。

行政や消費者には喜ばれるのになぜ問題なのか。地場企業が衰退すれば地域は生き残れない。売り上げは吸い上げられ、地元に落ちるのはパートの人件費などしかない。資金力、情報力とマネージメント力の差は認めざるを得ず、中央大手資本の進出は仕方がない面もあるが、地元企業のない地方創生は考えられない。地方を優遇する法律と税制を早急に整備すべきと思うがいかがだろうか。

紳士のスポーツといわれるゴルフ競技にはハンディキャップ制がある。単純だが、地方企業にアドバンテージがあってもいいのではないか。ブレグジットやトランポノミクスには理由がある。

2017. 5. 10

市政だより

月2回発行されていた「市政だより天草」が、4月号より月1回発行の大部になった。5月号をめくったら、驚く数字が飛び込んできた。天草市の人のうごき、3月中の異動である。人口82082人（774減）、世帯数37201戸（209減）、出生48人、死亡136人、転入323人、転出1009人とある。年間だと単純計算で9200人以上の人口減が予想される。3月は異動が多い時期ではあるが社会減は3倍以上である。自然減も3倍に近いし、年間1000人以上になる。

本渡の町中にいるとあまり感じないのだが、天草の人口減は恐るべき速さで進んでいるようだ。毎日1・5人が生まれ、4・5人が亡くなっていく勘定だ。対策をとっていないわけではない。「天草」には多項目の政策や産業振興策が網羅してある。移住政策、起業塾、雇用促進、農林水産業振興、観光推進などであるが、数字に表れるほどの成果がないのが実情だろう。

トライアスロンが縁で旧本渡市時代から姉妹都市となっている米国カリフォルニア州のエンシニタス市は、この30年で人口が1・5倍になり、美しい街並みは人口増で造成が続いている。美観を誇る街造りやその他振興政策の視察に行かれたらいかがだろう。

2017. 5. 11

核・ミサイル開発

日本もアメリカも中国が北朝鮮に対する影響力を行使するよう期待をしているが、期待通りにいかないだろう。北朝鮮は独立国家であり中国の属国ではない。国家同士の関係は対等であり、どちらかの言いなりという関係は基本的にあり得ない。

北朝鮮産石炭の輸入を中国が制限したり、中国から石油の輸出を絞ったりはあっても、ロシアとは関係が深く、自給自足の国柄なので耐乏生活は慣れていて、表向きは音を上げることはないだろう。

北朝鮮の核・ミサイルの開発をどうやって止めさせるか。同じ民族に取り返しのつかなくなるような原子爆弾を使うとは思えない。未来永劫恨まれるのは目に見えている。アメリカに向けても核兵器は使えない。

中国やロシア、日本、アメリカという大国に囲まれた北朝鮮が、唯一の安全保障と思っている核・ミサイルがいらない状況を朝鮮半島でどうつくるか。北も南も超格差社会だろう。民族の行く末に思いをいたすトップならば国民の生活が第一と考え、体制を越え恩讐を越えて対話を重ねるべきだろう。韓国の文在寅新大統領と金正恩朝鮮労働党委員長は真摯に向き合わねばならない。

2017. 5. 12

選挙制度

民主主義国家の基本は権力を選挙で選ぶことだが、その選挙制度はさまざまだ。最近の主要国の大統領選挙は面白かった。一年もの間、予備選挙から党候補予選を勝ち抜き政党候補となり、州ごとの得票率で勝者が州の代議を総取りして、その総数で決定する米国。

第一回投票で過半数票を獲得した候補がいない場合には、上位2者による決戦投票で決めるフランス。

日本は二院制なので、衆議院と参議院で国会議員による投票で首相を選ぶ。国民の直接選挙ではなく、国会で首相が決まる日本では議員以外の国民がトップになる可能性はほとんどない。これでは、ドナルド・トランプ氏やマクロン氏のような異色な人物は出てこない。お国柄と政治制度を反映しているのか、国のトップを選ぶ選挙には興奮と歓喜がある。

その任期もそれぞれだが、一期4～5年、再任可否で長くて10年というところが多いようだ。日本の首相も5年程度は務めてもらわないと、成果は出せないだろう。

米国やフランスのように、国民の過半数を獲得した勝者がトップリーダーになる制度が望ましいのではないか。選挙制度により思わぬ結果になる場合があろうが、制度の欠陥があれば修正するのも民主主義国家の特性だろう。民主主義はテマ、ヒマ、カネがかかるのも実感する。

2017. 5. 12

天草五橋

天草の発展にとって「天草五橋」の果たした功績は非常に大きい。「夢の架け橋」は昭和41年に開通して50年以上が経った。当初の39年の償還期間は予定を大きく早めて9年もかからず完済した。それだけ予想を超えた需要があったのだ。

その後「三県架橋」の構想も出て、天草の期待は大きく膨らんだ。島原・天草・長島を結ぶ大計画だ。バブル崩壊後は一旦立ち消えたようにもなったようだが島民の希望は消えていない。それ以上に長崎県と鹿児島県の要望が強い。

長崎から天草を経て鹿児島に向かうルートは、九州西海岸交通の最短距離となり、観光のゴールデンコースと期待が高い。天草はパールラインでつながる熊本と長崎・鹿児島とのT字路になり、本州と四国をつなぐ淡路島と同様の交通の要所となり、九州の観光発展に寄与することは間違いない。

三県架橋ルートは、現在のフェリー航路の料金を見ても、天草五橋並みの交通量が予想されるので、建設費の償還は心配ないだろう。何よりも24時間通行ができ、「長崎と天草地方の潜伏キリシタン関連遺産」の世界文化遺産に登録される﨑津集落もあり、長崎と同文化圏の天草では「第二の夢の架け橋」への期待は大きい。

2017. 5. 13

コンパクトタウン

天草市の人口は、平成18年3月の合併時には99331人だったが、平成29年4月には83151人となり、11年間で16180人も減少している。平均して年間1470人の減少だ。

ただし、その間も一貫して伸びている人口がある。そう、65歳以上の高齢者だ。現在の比率は37・4％にもなり、全国に先がけて、超高齢化社会に突入している。5年で5％もの伸び率だ。人口減少と高齢化で期せずして、天草は老人の島になった。今では60歳代の人に老人と言えば叱られるが、天草はお年寄りが元気な島とも言えるだろう。

アメリカには「太陽の町」と呼ばれる、定年退職者が移住して暮らす町が作られたが、天草は意図しなくても太陽の町になりつつある。天草市とトライアスロンの縁で結ばれ姉妹都市となったカリフォルニア州のエンシニタス市は、商業地その他と住宅地がゾーニングされ、落ち着いた住宅街が広がり、学校教育の成績もいいので、人口増が続いている人気のある地方都市である。

天草本渡地区もショッピングや医療、教育にも不自由のない便利なコンパクトタウンを目指している。街路や住宅地がもっと景観に配慮した、おしゃれな開発ができれば、定年後の終の住まいに最適だと思うが、いかがだろうか。

2017. 5. 14

優しい人

優しいの「優」は、優れるの「優」と同じ字である。やさしさはすぐれているし、すぐれているのはやさしさということなのだろう。「優」を分解すれば、人を憂うと書く。人を憂うことは、やさしくて、すぐれているといっていいのだろう。

自分を先にすることを利己といい、他者に先を譲ることを利他というそうだ。平穏無事の時は、他に譲ることも素直にできるが、困窮した時はどうだろうか。戦中戦後の物資不足の時に、食糧などを分け合って育った時代の人は、大概は優しい人が多かったように思う。現在亡くなっていく、80~100歳代の人たちだ。おじおばは、父方母方双方連れ合いを入れて29人いる。家内の方も数えると45人にもなる。明治末期から大正、昭和初期に生まれ、戦争中に青春時代を過ごした世代だ。戦死者一人で戦災死した者はいないが、今では両親を含めてほとんどが鬼籍に入ってしまった。

団塊世代の私には想像もできない過酷な時代を生きてきた経験をもっと聴いておくべきだったと、古希近くになって思っている。存命中の6人のうち90代の叔母は、記憶がはっきりしているうちにと、先に逝った兄姉弟の思い出を書いている。甥と姪への置き土産だ。

2017. 5. 15

大相撲本場所（東京にて）

生まれて初めて、大相撲本場所に行った。両国国技館の夏場所2日目、15日の取組である。このところ、稀勢の里の横綱昇進もあり、大相撲人気は高く、大入り札止めが続いていて予約もなかなか取れない。在京の息子が母の日のプレゼントをしてくれたので、夫婦で上京した。

前夜は両国駅そばでちゃんこ鍋を探したが、予約でいっぱい。国技館のすぐ横ではバーベキュー・ガーデンもテント営業をしていて、若い人のグループで満席状態だ。

国技館前は、朝8時より開場を告げるやぐら太鼓が鳴り渡り、大相撲情緒が盛り上がる。場内の相撲茶屋は細やかな接客で、裁付袴の呼び出したちが行き交い、気分も高揚。今日は和装の日で女性や外国人客も多い。満員御礼のたれ幕が下がった館内は、贔屓力士へ声援が飛び交い、小兵の石浦や宇良に拍手が多い。熊本出身の正代も人気がある。立ち合いが強くなれば楽しみな力士だ。初日に負けた稀勢の里が勝った時は、国技館が揺れるほどの大歓声が上がり、結びの一番の番狂わせで、制止のアナウンスがなされていても、座布団が舞った。

午前は江戸東京博物館、午後は国技館で、お江戸の伝統文化の日常と非日常に触れた一日だった。

2017. 5. 16
熊日中毒

つくづく、熊日中毒だと実感した。旅行で遠く県外に出ると当然ながら（？）熊日はない。

数日振りに我が家に帰ると、読んでいない新聞がたまっている。新聞なんてどこにでもあるのだが、読み慣れた新聞の日付の旧い、たまっている新聞の束を拾い読みする。読まないと忘れ物をした気分になる。読み終えると、地元にいるという安心感が出てくる。

何でこうなったのかはよく分からないが、永年の習慣でこうなったのだろう。熊本県人から抜けられないのだ。他紙でもよいのだろうが、目に馴染んだ紙面は違和感がない。記事内容に賛否はあっても、それもいつもの通りだ。

熊本地震の被害に遭われた方々が、当たり前の日常の有り難さを語られる姿にくらべるべくもないが、いつもと同じなのはありがたいことなのだ。平穏無事な日常と、たまには刺激的な非日常があるのは、良いことなのだろう。

熊日を読めない日があるのも良いことなのだ、と考えた。明日から、また仕事だ。

2017. 5. 17
来て良し、帰って良し

上京した機会に、今話題の場所に行った。ギンザ シックス（ＧＳＩＸ）は、10時30分の開店。列に並び、お上りさんよろしく、屋上に直行。銀座とは思えないくらい静かな植栽ガーデンがある。店内、外装は黒とグレーを基調色にモノトーンが多い。今の流行りだ。

有名書店とブランドカフェのコラボも現代の風俗らしい。教養と休憩のフロアは、すぐに満席状態になった。お客様を自分の店のコンセプトに合うように指定したテーブル構成は、本とコーヒー、スイーツの混在を整理するスタイルだろうか。

水玉の女王、草間彌生女史デザインの天井照明が吹き抜け空間をあざやかに彩っている老舗百貨店の新しい挑戦店舗は、早々と銀座を代表する場所になった。

東京は、文化の発信地であると同時に実験地であり、表現場所でもある。日本最大の観光地と改めて実感する。

東京は孫に似ていると、ふと思った。孫は来て良し、帰って良し、という。孫が遊びに来ると嬉しいが、長くいるとくたびれるので、帰るとホッとする。東京も来て良し、帰って良しか。東京の刺激に疲れ、帰宅してホッとするのは、歳をとったせいだろう。

2017. 5. 18

観光振興策

取引先の金融機関幹部の方に、天草観光振興策を聞かれることがある。観光客を増やす即効薬はないだろう。飲食店でカードが使えるようにする。お土産屋をつくる。街路樹を植え替える。この3つはそんなに難しくないだろうと思う。

本渡には飲食店やスナックは多いが、クレジットカードの使える店が少ない。大型バスが駐車可能な大型土産店がない。そして、天草らしい街路景観になるように街路樹を植え替える。

また、熊本県には阿蘇と天草に風景街道がある。「あまくさ風景街道」は大矢野から牛深までの142㎞で、主に国道266、324、389号線を通る天草西海岸コースである。文字通り自然風景は素晴らしいが、今のままの景観では魅力アップにつながらない。人為的な修景として、海岸側は路肩を広く取り、石組み芝生にパームツリーを植栽し、要所にパーキング・スペースとトイレを設け、護岸は消波ブロックに替えて自然石を使う。山側は電柱電線を地下埋設して無電柱化を進め、建築物など景観計画を策定する。完成したドライブウエイで歓声を上げて走るドライバーを夢想する。他にも多くの問題点があるが、すべては観光の視点で整備していくことが大事だろう。

2017. 5. 19

火災予防にも禁煙は役立つ

健康増進法改正の厚労省案は完全受動喫煙防止案だ。愛煙家にとっては不満であり、飲食店やスナック、バーの反対が多い。ウーン！　きびしい言い方だが、喫煙の自己管理ができない人は、はた迷惑で中毒は病気だ。天草市宮地岳町のK医師は禁煙指導のプロ。この際たばこをやめたい人にお勧めする。

嫌煙派にとっては、受動喫煙させられるのは最悪だが、店舗の内装に染み付いたたばこ臭も嫌になる。飲食店やホテルの客室内に残る臭いは掃除したくらいでは取れないし、改装まで考えなければならなくなる。

今でこそ周囲に気をつかう喫煙者は多いが、以前はくわえたばこは当たり前で、昔の映画には喫煙場面が多く、たばこは小道具になっていた。今はたばこや酒の自販機は見かけなくなった。たばこはもっと値上げしていいのではないか。

室内での禁煙は火災の予防にも役立つので、消防法でも店内禁煙があってもいいと思う。健康増進法改正案と消防法改正の双方で店内禁煙が進むことを願っている。消防署にとってもありがたいのでは。

2017. 5. 20
天草学茶話会

同期生のことを褒めるのは気が引けるが、この際ご紹介しよう。

熊本県立天草高校を昭和41年3月に卒業した第18回生は、団塊世代で人数も多い。420人以上いるので全国各地に散らばっている。

熊本市内に居住する同期生も多く、その中の有志男女22人ほどで「天草学茶話会」なる定例会を作り、郷土天草の歴史を含む多方面の学習会を5年以上続けている。毎月第二土曜日に、会員の税理士事務所の会議室に集合して、午前中は講習、お昼は同期生のレストランで昼食を取りながら世間話をして散会。

現役コンサルタントがオピニオンリーダーとなり、税理士、ボランティアガイドに元教師、公務員、会社員、主婦、その他現役組や定年組が、天草の知識を深め、どんな貢献やアドバイスができるかと討論したり、お互いのキャリアについて専門の話も出たりするという。

私のように生まれ故郷に住んでいる者以上に、天草の将来への提言や苦言があるそうだが、郷里を忘れない彼らを誇りに思うし、地元人も負けておられんなと同期パワーに刺激を受けている。

2017. 5. 20
城下町

私は古民家ファンなので、熊本市内の鍛冶屋町、唐人町界隈の古色が好きだ。熊本地震が古い木造建築物にダメージを与えていることに心を痛めていた。心配していたことが現実になった。

被災した歴史のある店舗兼住宅が解体され、町屋の歴史に幕が引かれる。熊本市指定の「景観形成建造物」18件のうち、17件が熊本地震で被災、既に解体された建物を含め3件が解体されるという。

熊本市の制度は知らないが、「景観形成建造物」という以上、外観だけは以前と同じ復元再生を義務付けて、その費用は公的な助成金等で補助できないものだろうか。この機会に、歴史的な街並みの景観維持のため、通り全体を復元復活させるくらいの発想があってもいいのではなかろうか。

表通りに面した駐車場は木塀か築地塀で囲み、コンクリート造りのビルも1階正面は木造和風外観で統一して、伝統的な城下町風情のただよう街路をつくるのは、熊本市にとっても有意義ではないか。

天下の名城を持つ熊本は、古色蒼然たる歴史地区と近代ビル街との住み分けが似合う。熊本城域の往時の姿への整備復元と歩調を合わせて、息長く城下町の再現を図られたらどうだろう。

2017. 5. 21

スローガン

主要国の新リーダーのスローガンが面白い。

就任順に、まずは正式名称グレート・ブリテン及び北アイルランド連合王国、通称英国。テリーザ・メイ首相の「ビルディング・ア・ストロンガー・ブリテン・トゥゲザー」（一緒により強い英国を築こう）。

次は超大国、アメリカ合衆国。トランプ大統領の「アメリカ・ファースト」（米国第一）と「メイク・アメリカ・グレート・アゲイン」（再び偉大な米国をつくろう）。最後は就任したばかりのフランス共和国。エマニュエル・マクロン大統領の「アンサンブル，ラ・フランス！」（フランスに調和を！）。

それぞれ自国名をいれて愛国心に訴え、国の抱える大きな課題を端的なフレーズで表していて興味深い。日本国の安倍晋三首相はどんなスローガンが似合うだろうか。「アベノミクス一強日本」で決まり。もっと前の小泉純一郎元首相は、おなじみの「自民党をぶっ壊す」。ワンフレーズの人気首相だった。

39歳のマクロン氏のような、若返る世界の首脳に負けない日本の若手政治家のホープは、小泉4代目の小泉進次郎衆議院議員か。その時のキャッチフレーズは「子育て教育日本」か「ＴＰＰ農業改革日本」か。いや、まだ早い。

2017. 5. 22
複雑怪奇

昭和14（1939）年、ドイツと関係強化を模索していた平沼騏一郎内閣は、独ソ不可侵条約が結ばれたのを受けて、「欧州の天地は複雑怪奇なる新情勢」という声明を出して総辞職した。当時流行語となり、日本の「世界情勢の情報分析能力」の欠如が露呈した。

今の朝鮮半島の情勢はどうだろうか。北朝鮮の挑発が止まらない。行政のホームページには、緊急情報として「弾道ミサイル落下時の行動に関するQ＆A」が載っているが、どれほどの市民が理解しているだろう。

70年以上続いた平和日本は、素晴らしい成果を上げた。しかし、隣国は休戦状態あり、異なる国家体制あり、民主価値観の違いあり、と個性の強い国々が取り巻いている。国際情勢が複雑怪奇なのは今も変わらない。情報分析能力の優劣が国際社会の平和を左右する。

日本国憲法の前文に「平和を愛する諸国民の公正と信義に信頼して　われらの安全と生存を保持しようと決意した」とある。日本は「自国のことのみに専念して他国を無視してはならない」し、「平和を維持し、専制と隷従、圧迫と偏狭を地上から永遠に除去しようと努めている国際社会」をどう築くのか。

2017. 5. 23

体験と教訓

時代が変わったと思わずにはいられない。最近、戦中や敗戦直後の伯父、叔母の手記を読む機会があった。南方戦場の様子や植民地の生活を戦後に書き留めていたものだが、日記のようなリアルさで、日本の無条件降伏時の無念さと困惑が伝わる。

神国日本が欧米の不義を討つ正義の戦であり、一億一心、日本は負けるはずがなかった、が負けた。外地にいた軍人は、規律ある行動で武装解除したが、いつ戦勝軍に処刑されるかと恐れ、民間人は、今後の生活不安と身の安全に悩まされていた。

私は団塊世代であるが、1960年代くらいまでは「今度はイタリア抜きで、日本とドイツでやろう」と、一番早く降伏した同盟国を揶揄し、アメリカに対してリベンジを公言する先輩もいた。その後、経済発展に伴い平和教育が浸透し、戦争イコール悪が定着して、敵討ちを表で言う人はいなくなった。というより戦争はタブーになった。

戦死者は無駄死ではない。対北朝鮮問題は、昔であったら、戦で解決しようとしただろう。今では、忍耐強く解決する方法を考えようとするようになった。それは、前大戦の悲惨な体験と教訓が生きているからだ。

2017. 5. 24
大型店

国税庁は、改正酒類業組合法を根拠に、スーパーの缶ビールの値引きセールなど、過度の安売りを厳しく取り締まる方針という。小さな酒屋が廃業に追い込まれているのを問題視した処置だ。酒類販売は免許制で行政指導も可能だが、市場の荒波にさらされる地場小売店の生き残りは多難だ。

１９７４年施行の大規模小売店舗法は大型店ラッシュを生み、地方にも進出が進んだ。その間、地元の卸問屋をはじめ顧客を奪われた多くの小売店が消えていった。

２０００年に廃止されて、大規模小売店舗立地法にかかわったが、地方商店街のダメージは大きかった。

コンサルタントが言っていたことだが、大昔のマンモスの例え話は分かりやすい。生きるには大量のエサがいる。エサがなくなればエサを求めて移動するが、エサ場がなくなった時に死に絶える。残るのは食べ尽くされた荒野だけ。

大型店も消費者を求めて、消費のある所に進出する。消費が見込めなくなれば撤退し、次のマーケットに移る。後には死屍累々のシャッター街が残される。それらの商店街は復活のきざしもないが、それでも大型店同士のバトルは続く。

2017. 5. 25

奇人・変人・風雅人

地方創生が叫ばれているが、どうすればいいのだろうか。自分次第で変わるとは思えないし、出る杭は打たれるから嫌なので、誰かがしてくれるのだろう。アメリカは、出る杭を伸ばそうという気風が強いというが、自己主張がないと生きていけない社会だそうだ。日本は大違い。日本人は、国際会議では3S、即ちスマイル・サイレンス・スリープといわれていて、自己主張をしない文化でやってきた。

地域おこしには、ワカモノ・バカモノ・ヨソモノの3者が必要なのはよく分かる。地域を覆う馴れ合いや仲良しクラブ的な空気感を打ち破るには、彼らをバックアップする住民も必要だが、いそうもない。そこは老人・善人・里人の仲良し3人一家なので、居心地のいいところを何も変えなくてもいいだろう。

さて、かつては奇人・変人・風雅人の3御仁がいたという。その頃の地域は元気があったともいう。元気があるから奇人・変人・風雅人がいたのか。奇人・変人・風雅人がいたから元気があるのか。多分、後者だろう。年齢性別にかかわらず、気骨ある人間がいた。今でいう、ダイバーシティ（多様性）が確かにあったようだ。

2017.5.26

人生は舞台

「人生は舞台。役者になれ。自分の役回りを知って演技せろ。役になりきらんと、相手に伝わらん」「バカになって人を立てろ。利口者しかバカにはなれん」「人情の機微が分からんといかん。人の話を聞いて頷け」。今では不適切な表現もあるので、書きにくいが、まだまだある。

43年前、父が亡くなり、家業を継ぐために地元に帰った時分に、何度も聞かされた当時の区長の小言だ。シェークスピアのセリフのような説教もあった。20代後半の頼りない跡取りが心配だったのだろう。亡父の幼友だちで、厳しくも温かみのある人だった。区の寄り合いは親世代ばかりだったが、宴会時には、いつの間にか二人対面して話し込む姿は、口論してる父子のように周囲の人には見えたようだ。父がわりの煩悩があったのだろう。成果があった時は、涙を流して喜んでくれた。

サラリーマン経験しかない、世間知らずの私にとっては、地元のことを否応でも教えられ、何でも本音で話せる職人だった。80歳を超えても宴席など、年長者の前では正座になった。今年は13回忌になるが、まだできていないことが多い。

2017. 5. 27

ファクスとパソコン

ファクスが未だに現役で活躍する日本は、不思議の国だろう。日本の仕事は組織で行うのが一般的だが、欧米のビジネスは個人の責任と権限で行う。ペーパーレスのインターネット社会には、パソコンがあればファクスは不要。紙媒体の配布をやめた国や会社もある。

26年も前のことだが、トライアスロンが縁で、天草市と姉妹都市になったカリフォルニア州エンシニタス市に親善訪問して市庁舎に行った。観光部に入ると、おもちゃが置いてある。子どもを連れて来る市民もいるので、遊ばせるために置いているという。

こちらでは、役所にも子ども連れで来るのかと感心したものだが、もっと驚いたのは、マネージャーがデスク付きの個室に一人だけ。他にスタッフはいないので、彼が休むと仕事はストップする。仕事は個人単位で行われている、と実感した。こんな国柄では、情報通信技術の活用も早いだろう。

個人対個人のビジネスシーンで、情報管理に優れたパソコンは、便利で、速く、どこでも活用できるツールになった。今やなくてはならない玉手箱が、パソコンとスマホだろう。何でも出てくる。

2017.5.28

休日の分散化

ゴールデンウィークには、多くの人が休暇を取り国内外の旅行やレジャーを楽しむ。盆、正月期間も、同じように休日の企業が多い。大いに結構だと思う。が、この期間の観光地や宿泊施設は高価格で、交通機関は混雑と渋滞がひどく、そこの従業員は休みが取れない。

週休二日制が定着し、旅行やレジャーには良い環境になってきたが、土曜、日曜が休日というあり方を変えないと、土、日、盆、正月に休めない業種には従業員が集まらなくなり、消費者の不利益にもつながる。

ゴールデンウィークに代わり、各自が長期休暇を取るようにし、全国一斉一律をやめる。もちろん、一斉でないとできないことも多い。学校行事等には、休みを取れるように配慮すれば良い。行政サービスの役所は毎日窓口を開けて、職員は交代で休む。流通業やサービス業は、当たり前にやっている事だ。

国民が順繰りに休日をずらして、連休を取るようにすれば、交通麻痺もなくなり、サービス価格も平準化する。今まで土日に顧客が集中していた業界も繁閑がなくなる。

休日の分散化は、宗教的なしがらみがない日本では、可能性がある。

2017. 5. 29

年収自慢

古希の歳。ラストリサイタルと触れ込んだ、高校同期のテノール歌手S君の独唱会に案内を受けた。以前から、おれの歌を聴けば自然に眠くなるぞと、のたもうていた。それは運転の上手なドライバーの横に座ってるのと同じで、安心して居眠りしていられるからだそうな。

奥様のピアノ伴奏と彼の高く朗々とした歌声は、やはり睡魔が襲う。久し振りに聴く歌が止むと一瞬の静寂。心地よい瞬間。直後の拍手がなければ眠りこけるだろう。本人はステージで気持ち良さそうに歌っている。歌手としての最高地点を刻んでおきたい、というメッセージ通りだ。

年収自慢の大らかな人柄である。高ではなく、低の方だ。数年前、私の友人と冗談交じりに、貧乏比べして苦笑していた。オペラや演奏会では食っていけないのだろうが、好きな道はやめられない。今も夫婦でピアノなどを教えていて、定年はないだろうし、これからもマイウエイだろう。

「埴生の宿」の天草には、こんなにも長く、若い時の気持ちを持ち続けている人間もいるのだ。仕事がないと、すぐによその大都市へ出てしまう時代に「楽し友、頼もしや」だろう。

2017. 5. 30
セクハラ、パワハラ

「同級生が一番難しかっぞ」と年配の知人が、浮かない顔で何気なくつぶやいた。

学校時代の記憶が残り、後年になっても昔のイメージで判断されて、今の自分を見てくれないからか。確かに、そういう面はお互いにあるだろう。「男子三日会わざれば刮目して見よ」という。また、他学年より親しいので、つい言葉がストレートになるところもある。

政治家に限らず、失言や暴言も世間には多いのだが、気心が通じていれば良い方に取り、誤解も生じにくいが、気持ちが合わない人とはお互いに悪い方に取りがちだ。世の中は、セクハラだパワハラだと目くじらを立て、非難する傾向が多くなった。身内であっても、早く結婚しろとか、相手を紹介しようとか、うかつに口走ると、今の子は年配者にも逆襲してくる。

結婚式の仲人はいなくなり、誰も本気で心配してくれる人もいないとは、何と寂しい人生ではないか。結婚年齢が上がり、未婚者が増えたりしても、個人の自由だからと言っていては何も解決しない。自分で伴侶を見つけることができない若者は、昔も今も変わらず多いのだが。

2017. 5. 31

半島人

　北朝鮮の挑発が止まらない。今年になってミサイルの発射は9度目。いつまで発射実験を続けるつもりなのか。韓国や日本、米国とは国交がない北朝鮮は、国連加盟192カ国のうち164カ国と国交を結んでいるが、韓中ソ、G7以外の国は北朝鮮の核・ミサイル問題に無関心にも見える。

　日本のやれることと言えば、「厳重に抗議」「圧力強化で一致」「中国がさらなる役割を果たすよう求める」ということでしかない。安倍首相は「強く自制を求め、毅然として対応する」「米国と具体的行動を取る」といい、トランプ政権は、中国などを通じ「体制を保障する代わりに核放棄に同意するよう」北朝鮮に伝達したそうだが、同じことの繰り返し。

　核の放棄は北朝鮮の崩壊、即ち金正恩王朝の終焉を意味し、決して同意しないだろう。この問題解決に対して国際社会は内政不干渉の原則を守り、休戦中の分断国家である文在寅政権・韓国と金労働党・北朝鮮に任せ、様子を見る姿勢に変えたらどうか。

　北朝鮮が韓国の首都ソウルを射程に入れた「何百もの大砲」を持っていようと、朝鮮半島問題は半島人同士で解決するのが当たり前で、隣国を巻き込むなと言いたい。

2017.6.1
一町十組八十七村

八十八町村と縁起のいい数になる天草天領期の一町十組八十七村。町と組は大庄屋、村は庄屋の個性が行政に反映されて土地柄もそれぞれ。農村と漁村が入り組んでいる。現在二市一町に合併されたが、今でも農業と漁業のパッチワーク、と言ってもいいほど対照的な風土が色濃く残る。

本渡はそのどちらでもなく、昔はマチといえば本渡の街のことであり、本渡の市や祭りは大にぎわい。鈴なり満員バスで本渡に来ていたと、お年寄りは往時のことを懐かしがる。

今も現在進行形の商業地で、消費を求める島外資本の進出地になった。都会とあまり変わらない商品やサービスを受けられ、主要な全ブランドのコンビニもある。飲食店やスナックも多くあり、農と漁のコラボレーションともいえる、多彩な食材の宝庫と成りつつある。

医療機関も充実していて、以前は有名雑誌で旧本渡市は九州の住みやすい都市ナンバーワンになったこともあった。本渡町の人口減少は少ないのだが、高齢者人口は増え続けているので、あと五年も経てば、後期高齢化社会に一気に突入する。

2017. 6. 2
かかし村

かかし村ができて宮地岳町は大にぎわい。山あいの町は、257世帯に546人が暮らす天草市でも高齢化が進む小さな町です。その古い歴史のある町に、10年ほど前から春には町民と見まがうかかしさんが出現しています。

その後も毎年「村民」は増え続け、今年は320人になりました。昔の農作業姿やお祭りの格好でノスタルジックな風情です。今の調子で増え続けると、あと数年で「村民」が町民を追い越すのは間違いないでしょう。お年寄りは毎年せっせと「子づくり」に励み、既に1戸に1人以上誕生していますが、来年は何人増えるのでしょうか。過疎のノンビリした田舎町だったとは思えないほど明るい表情の町になってきました。かかし村には島外各地より見物人が来訪し、動きのあるキャラクターをスマホで拡散して知名度が上がり、老人会はますます元気になります。

その上良いことに、昨年末には、以前に私が再生した古民家を活用したNPO法人の在宅診療、訪問看護ステーションができました。天草下島の中央部にある宮地岳町の地理的条件がぴったり合った結果だそうです。在宅医療の拠点ができ、住民にはさらに心強い町になっています。

2017.6.3
法人会

昭和6（1931）年にできた、通称「五間道路」と呼ばれる「昭和通り」は、当時天草の一番広い道路だった。その後、昭和45（1970）年には「十間道路」ができた。市街を貫通する国道324号線。地域経済も大きく変わり、国道開通は利便性を向上させて、郊外には大駐車場完備の大型店舗の進出も促した。

今では、チェーン店が出店していない業界はほとんどない、と言っていいぐらい出揃っている。量販店が多く、スーパー、ホームセンター、ドラッグストア、コンビニ、家電品、紳士服、衣料品、自動車販売、パチンコ、メガネなどは複数の同業者が競合する。しかし、高齢化が進む現在では、車の運転ができないお年寄りにとって、昔からの中央アーケード街は、近くて便利な存在になると思う。店舗等の見直しを始めたらどうだろう。

公益社団法人天草法人会は、税のオピニオンリーダーとして国と社会の繁栄に貢献する経営者の団体である。未加入の企業に入会を勧めているが、支店やチェーン店には入会許諾の権限がないという。本社は既会員だとしても、地域経済界に寄与するために、支店の加入を承諾していただきたいと思う。

2017. 6. 4

自筆文字

6月から郵便料金が上がった。今では手書きの書類や手紙、ハガキはほとんどなくなってしまった。

年賀状も手書きは少数派で親しい人だけ。文章や筆跡は人柄や人物像を表す。字のきれいな人は羨ましいが、個性的な文字は印象に残る。

先月、江戸東京博物館の「特別展　坂本龍馬没後150年」で龍馬の手紙を見た。自由奔放な乱れ文字だ。武市半平太は品格ある達筆で対照的、親戚だが性格は真逆と想像できる。自筆の書簡は人物像を表す大切な遺産だ。

携帯電話は必携モバイルになったが、当方の都合にかかわらず進入してくる。その点、自分の都合の良い時にチェックできるメールはありがたい。メールに慣れてしまうと、ついメールで済ませてしまいがちだが、文字変換機能に頼っていると、文字を書くのが面倒になり、漢字を忘れてしまう。電子通信の時代になって、昔は考えられない問題がでてきた。

自筆文字や電話の声はニュアンスや人の個性も伝えてくれる。情報通信技術の時代には、今までよりもより一層、自筆で一筆啓上したり、直接触れ合う機会を多くしたりと、ヒューマンタッチを多くしたいものだ。

2017.6.5
トランプ大統領

トップは何を決断するべきか。

トランプ大統領が地球温暖化対策の国際枠組み「パリ協定」からの離脱を表明したことで、また大バッシングを受けている。昨年の米国大統領選挙時の発言を就任後、半年経って実行したにすぎないのだが。

大統領選挙前年の2015年に出版した自著『CRIPPLED AMERICA』(邦題『ザ・トランプ』ワニブックス、2016年)の中でも述べており、「そもそも再生可能エネルギーの開発は、地球の気候変化は二酸化炭素の排出が原因だとする誤った動機から始まっていた」と主張している。全然ブレていない。

当否は別にして、大統領になる決意をした現実主義ビジネスマンの答えだ。トランプは是非の分かれる政策に、自分の答えで結論をだす。そして、一人非難の対象になる。彼の発言や著書から、今の結果は十分推測できる。

戦後、自由世界はアメリカに頼り過ぎてきた。「傷ついたアメリカ」を再生するために大統領になったのだから、言行一致は責務だが、信じることを口に出す自負と率直さが、攻撃を受ける。選挙もない独裁国家の強権的、独善的な指導者よりはましだ。次の選挙で結果が出る。

2017.6.6
社長訓示

中国人といっても香港人のことだが、現地に日本人が赴任すると取引先の商人が近寄って来て人物を値踏みして帰る。次に来る時は、何か品物を持参し、お付き合いの印にとプレゼントする。そのとき不用意に受け取ると後で困ったことになるので、受け取るな。中身はオメガの時計かダンヒルのライターくらいだが、突き返して、こう言いなさい。「お店ごと全部くれるのなら貰っていいが、こんな物は受け取れない」。

これは、私が1970年に入社した旅行会社の社長の訓示だ。東京本社で海外赴任社員を集めて国民性の違いを教育された。何も知らない新卒新人が、外国で失敗しないように、商習慣の違いや外地では日本の常識は通用しないと叩き込まれた。

日本人観光客には香港や台湾は人気があるが、1972年の日中国交正常化で台湾旅行が一時中断したり、1997年に香港が中国に返還されたりして、日本人客が減少するなど紆余曲折もあった。

現在はインバウンドが増え、アウトバウンドを逆転。訪日客は香港、台湾を入れると中国人客が半数以上になる。50年で大きく変化したが、今も日本人と中国人の違いは大きい。

2017. 6. 7
夕日動画

私はグーグルマップのストリートビューのファンだ。行ったこともない世界各地の有名観光地や大都会の街路風景がスクリーンに現れて、３６０度の景色を楽しめる。まだ一部の国にはストリートビューがないところもある。政治的配慮だろうか。

更新頻度は随時で決まっていないので、古い街路風景のままというところもある。地域の人が撮影する制度もあり、カメラの貸し出しもできるそうなので、我が町の自慢の場所を撮影したらどうだろう。地方の田舎のひなびた道や路地は、意外に都会の若い人や外国人に人気があるという。

観光プロモーションでは、鹿児島は何もない夕日動画が一番話題になっている。1時間映像で、海辺の波音と夕日が落ちていく景色だけを映したものだ。言葉も分からない外国人にも動画で臨場感と感動が伝わる。

天草でも、自然を上空からドローンで撮影した映像に、料理や祭り、歴史遺産、神社仏閣、暮らしの風景等の写真を差し込み、動画で見せてはどうか。観光協会は早急に着手するべきだろう。受け入れ環境づくりと観光プロモーションは両輪だ。

2017.6.8

デジタルマーケティング

地方に来る個人客の95%がスマートフォンで情報を得ているらしい。デジタルシフトがかつてない勢いで進んでいて、情報発信にも工夫がいる。アクセスが多く人気があるのは、映像と音楽のみで無音声・無言語・無説明の動画だ。

テレビ、パソコン、スマホ、タブレットと、個人はマルチスクリーンでいつでもどこでも何でも情報が取れる。日本ではまだパンフレットやチラシなどの紙媒体が主流だが、情報通信技術（ＩＣＴ）時代が進むと、ほとんど効果がなくなるという。

昨年11月、ドイツ観光局はパンフレットの制作頒布を中止し、情報の提供をオンライン媒体のみに集約した。国内でもペーパーレス企業は多くなっている。パソコンやスマホを操作しているお客さんがカフェを占領している時代だ。ＩＣＴの進歩はとどまるところを知らない。

熊本県の観光プロモーションは、くまモンに頼るだけでなく、デジタルマーケティングを行う体制をつくり、人や予算を投入して、情報発信能力を高めるとともに、観光地の魅力づくりと地域の受け入れ環境づくりに、努力しなければならない。熊本県の魅力は多種多様、多彩だ。

2017. 6. 9

統一朝鮮

同じ民主主義国家同士はお互いに理解し合えるという認識は、考え直さなければいけない。韓国は日本と同じように民主主義体制だが、日本を一番非難攻撃するのは韓国だ。従軍慰安婦問題しかり、竹島問題しかり、対馬の仏像盗難問題しかりだ。味方のつもりでいると、いつの間にか敵対するような言動を繰り返し、付き合いきれない反日政策をとる。

朝鮮統一を促すために、日本は政策転換をしたらどうか。北朝鮮へエールを送り、北朝鮮と交渉を再開する。議題は戦争賠償と日本人拉致問題の完全解決、そして国交回復だ。アメリカを説得し、朝鮮と韓国の休戦状態を解消させて、平和条約を結ばせる。

戦後の分断国家だった東西ドイツは、冷戦に勝った西の民主主義国家に統合し、南北ベトナムはアメリカとの戦争に勝利した北の社会主義国家に統一され、今は市場経済路線をとっている。現在のドイツやベトナムは平和国家だ。

北朝鮮が改革開放路線をとれば、核・ミサイル武装も不要になる。国が開かれて国際交流が進み、東アジアの政治力学が変化すると、案外早く統一朝鮮が実現するかも知れない。

2017.6.10

ブラック・レイン

6月9日深夜、NHKBSプレミアムシネマ「ブラック・レイン」を見た。1989年のリドリー・スコット監督作品。大阪を舞台に、マイケル・ダグラスと高倉健演ずる日米の刑事が、協力してヤクザと戦う物語だ。

若山富三郎のヤクザの親分が、「B29が爆弾を落とし、防空壕に隠れて出て来たら何もなくなっていて、3日間黒い雨が降った。俺たちはお前達の価値観を押し付けられ、佐藤みたいな連中が大勢生まれた」とマイケル・ダグラス扮するアメリカの刑事に説諭するシーンがある。佐藤は松田優作演ずる若いアウトローで、今作は松田の遺作。

無条件で降伏した日本は、今までの世界観が崩壊した。戦勝国アメリカの個人主義が蔓延し、日本人は義理人情の価値観を喪失して佐藤のような無法者を生んだという。アメリカの自由主義文化が世の中にはびこり、日本人の矜持はなくなり、戦で負けた代償は大きかった。

自信をなくした日本は、日本人としてのバックボーンを再構築することなく、経済目標だけで突っ走ってきた。今の日本はどうか。アメリカに負んぶに抱っこの属国状態を変えようという気概はあるか。北朝鮮を笑えるか。

2017.6.11

年中無休

6月より衣替え、という事業所は多いと思う。今では男性のクールビズはすっかり定着した。ノーネクタイ姿がビジネスシーンに溶け込んでいる。当初は役所職員や国会議員が真っ先にノータイを披露した。何事も続けているうちに、前からそうだったように自然に見えてくる。

土曜日曜の無定休化も、役所が率先して、市民課の窓口を年中無休体制にし実行していけば、他の課にも必要に応じて波及していくのではないだろうか。毎日、生活に必要なサービスを受けられるような社会の構築は、今後重要な課題になるだろう。そのためには休業日の分散化が避けられない。今からもっと必要になる民間サービス業の求人難や高齢化への対応などが理由である。

国や地方自治体の機関である自衛隊、警察、消防救急、医療介護などは365日、24時間体制の交代制勤務で、行政サービス機能は大きな安心安全を与えている。今や社会インフラになったコンビニやホテルなども無休だ。

働く人がローテーションに応じて連休を取り、休暇日が分散する社会になれば、多様性が広がると思う。

2017.6.12
生前退位

平成の天皇の生前退位が決まった。退位特例法成立は、ご高齢の陛下のご意向に沿えたのだろうか。来年末にご退位、翌年新天皇が即位し、新元号の時代が始まる。平成は30年で終了する。

世が平和に成る、との思いを込めた元号だが、世界の激動は続き、国内では自然災害が頻発して、原発事故が起こり、景気も長期低迷した。天皇家の将来についてもご心労の多いことだろう。来年は明治維新から150年になり、記念すべき年になる。陛下は、称号敬称などなしを望んでおられるのではなかろうか。二重権威になると心配をする向きもあるが、自由に余生を過ごされて良いのではないか。京都御所にもお出かけいただいて、東京と京都の双方を往来されたらよろしい。明治天皇以来、4代目の曾孫の入京は都びとに限らず、国民は大歓迎する。

男系天皇制は、天皇直系3代70年後くらいまでしか見通せない。将来にわたり、天皇制を継承していくには、多くの男系皇子の誕生を待たねばならず、国民はただ皇子の誕生をお祈りするしかない。象徴天皇家は、現在の日本の大課題である少子高齢化も象徴している。

2017. 6. 13

無電柱化

国内におよそ3500万本あるものは、何でしょう？ という珍問に答えることができる人は、よほどのクイズ魔だろう。答えは、国内にある桜の木と同じ数の電柱の数である。桜は増える方が良いが、今も毎年7万本のペースで増え続けているのが電柱。地下埋設は費用がかかり、経済的な理由で遅々として進まない。

インバウンド4000万人の時代に向けて、受け入れ環境の整備が重要な課題だが、景観整備の難題は無電柱化だ。訪日客の8割以上がアジアの国からで、ビジット・ジャパン事業の成果が出ている。しかし、距離も遠い欧米からの訪日はまだまだ少ない。

彼らは歴史や文化、芸術への興味、極東日本への期待感も大きく、審美眼も厳しいので、日本の現状に対して注文は多い。世界的に人気のある京都といえども、表の大通りはスッキリしているが、一歩脇道に入ると電柱が林立している。

熊本県内には、風景街道に指定されている風光明媚な街道がある。「九州横断の道阿蘇くまもと路」と「あまくさ風景街道」だ。

風景が「商品」なので、このルートだけでも無電柱化して「電線病」を追放したらどうか。

2017. 6. 14

日本とドイツとイタリア ①

戦前の三国同盟と言えば、ドイツ、イタリアに日本。戦後70年以上経て、当たり前だが3国の姿は全く違って見える。

ドイツは東西分断国家を経て統一後、技術力を生かして工業国になり、環境に配慮して原発も廃止する決定をした欧州連合のリーダーだ。戦争で破壊された歴史的街並みを保存再生している美観国である。

イタリアは経済こそ低迷しているが、歴史的な世界遺産が多く、そして、地方や田舎には古く美しい小さな村が多い。

BS日テレで、日本人スタッフの取材によるテレビ番組「小さな村の物語イタリア」が続いている。

2007年に始まり、今まで253話放送している。イタリアの地方の小さな村で生きている人々の日常生活を追い、「理想郷とは」「人生をどう生きるか」「美しく暮らすとは」というイタリア人の生活哲学を伝えるドキュメンタリー紀行だ。

そこには、美しく生きる村びとの生活スタイルがあり、村の歴史を大切にして、土地や風土に誇りを持ち、日々の暮らしを楽しんで生きている姿がある。イタリアはスローフード運動が地方の小都市で起こり、地方創生などとは無縁な国だ。

2017. 6. 15

日本とドイツとイタリア ②

稼いだ金を何に投資するかは、それぞれの国の価値観だろう。同じ敗戦国でも、ドイツやイタリアは国の歴史や環境、景観に投資をしている。

ドイツは破壊された伝統的街並みの復元に力を入れ、河川改修は自然工法に改め、既存のコンクリート護岸やブロック造りを壊してまで、本来の自然にかえるような土木技術を取り入れている。工事費用はかかるが、景観や環境に投資することで休暇で訪れる人や外国人観光客が多くなり、消費のお金は落ちて、結果として税収は多くなり、投資額は長い目で見ると回収できる。評価は評判を呼ぶ国土政策を早くから進めている。

イタリア人は自分たちの都市づくりに自信を持っており、価値の優先順位がはっきりしている。地域の価値観を尊重して、異論に対して、哲学の違い、と言うそうだ。長い歴史の中で培われてきた自負心の表れだろう。

日本はどうか。今の生活や福祉が優先され、財政赤字は増える一方だが、専門家でさえ未来への投資を決められない。今があっても未来がないのが日本だろう。

歴史、環境、景観への投資は、将来大きな資産になり収益を生む。

2017.6.16

都市の原理

今から22年前の1995年に「都市の原理を考えるイタリアの旅」という連載記事（日経9月26日～30日井尻千男編集委員）があった。都市の原理とは何か、中でも中小都市の存立条件とは何か、という問いに答えを探るイタリア紀行だ。

「空間を限定する能力」がある。全ての芸術は、空間や時間を限定することが前提になり、小閉鎖系が文化を生む。

「地域を支える循環」がある。農村と都市の経済的共存、即ち自営業者と農業が共栄する。小都市といえども大都市に負けない魅力があり、小都市であればあるほど美しく存在せねばならない。

「ハレの舞台をつくる志」がある。形あるものは全て美しくあることを求められる。都市が美しければ、人々も美しく装い、振る舞い、人々のセンスを磨く。都市という舞台に上がれば誰でも役者になる。役者は住民であり、旅びとだ。

「建物は復活し変身」する。何百年も生き続ける建物の外観は公共財である。用途は柔軟に、時代によって使用目的を変えていくが、永遠性、革新性、汎用性を共存させる。

都市の形態は人間の生き方や価値観まで規定してしまうようだ。

2017. 6. 17

米百俵

「百俵の米も食えばたちまちなくなるが、教育にあてれば明日の一万、百万俵となる」

戊辰戦争で負け荒廃貧窮した長岡藩に、支藩の三根山藩から支援の米百俵が贈られることとなったが、現在辛抱して教育に投資すれば、将来の利益になると藩士を説得した大参事小林虎三郎の言葉だ。

提案した小林も偉いが同意した藩士もさすがだ。米を売り、国漢学校を創った。「米百俵」は山本有三の戯曲になり、小泉元首相の所信表明演説でも引用されて、当時の流行語にもなった。

現在の日本の現状はどうだろうか。長岡藩士のように、政府役人には既得益を削り、自己益を減らしてでも、国や国民の将来に備えようという志はあるのだろうか。

また、国民には我慢や辛抱してでも、次世代にツケを残さぬように、収入の範囲内で収めようという気持ちがあるのか疑問だ。今の生活や福祉にお金を費やして、財政赤字は膨らみ続ける。

今では、辛抱は死語になったようだが、まだ田舎では、生活の中に生きているところもある。しかし、辛抱した結果、何か次世代につながるような投資ができているのだろうか。

2017. 6. 18

テロリズム

最近、改正組織犯罪処罰法が強行採決により可決成立した。共謀罪、テロ等準備罪の是非が問われていた。これで日本も国際組織犯罪防止条約に批准するだろう。

テロリズムとはいかなる事態か。政治的目的を達成するために、暗殺暴行破壊活動などの手段を行使すること、またそれを認める傾向や主張のこと。政治目的は、政権の奪取や撹乱・破壊、政治的・外交的優位の確立、活動資金の獲得・自己宣伝などだ。

しかしながら、その定義には多くの困難が伴い、100を超える定義があると言われている。国際連合は2004年に、テロリズムとは住民を威嚇する、または政府や国際組織を強制する、あるいは行動を自制させる目的で、市民や非戦闘員に対して殺害または重大な身体的危害を引き起こすことを意図したあらゆる行動、と定義している。

もっとも、世界には武力や暴力により政権を奪取して建国したところもあり、政権次第でテロの概念は大きく変わる。そのような国は、当然テロに対して神経をとがらせている。

政権に都合の良い法律をつくるのは、独裁政権の常とう手段だ。

2017. 6. 19
シンガポール

シンガポール「建国の父」初代首相リー・クアンユー氏が２０１５年に亡くなって２年。

長男の現首相リー・シェンロン氏と弟妹との間で、父親の遺言に反しているとして激しく対立しているという。クアンユー氏の遺言は「死後は住居を保存すべきでない」というもの。弟妹は首相がその遺産を政治利用し、その地位の影響力を誤用して息子のために政治的な野心を抱いていると批判しているそうだ。

シンガポールは、クリーン・アンド・グリーンのキャッチフレーズで自由貿易と公正な競争、実力主義と身ぎれいな政府が信条のアジアでトップの個人所得を誇る国際都市国家。世界の腐敗認識指数でもアジアのＮｏ．１。世界でも８位だ。ちなみに日本は香港と同順位の18位。

文字通りクリーンな国に、ここまで成長させたのが、開発独裁の人民行動党（ＰＡＰ）を率いてリーダーシップをとってきたリー・クアンユー氏だ。

建国の父の遺言を巡る遺産争いはリー家の影響力が大きいだけにイメージダウンになる。私の初任地でいろいろな思い出も多く、清潔な国の首相一族の「争族」は残念だ。早く円満解決してもらいたい。

2017. 6. 21

新市庁舎

今月19日に、天草市役所新市庁舎の建築工事について工事請負契約締結などが市議会で審議された。庁舎部分を請け負う共同企業体の安藤ハザマが受注の予定だったが、この日の契約採決が見送られた。

安藤ハザマが福島第1原発事故の除染事業で水増し請求をしていた問題で、東京地検特捜部が、安藤ハザマの本社を詐欺容疑で家宅捜査。入札時には問題はなかったが、その後不祥事が発覚し、多額の契約を履行する工事の元請け業者としては、今後に問題が生じないか不安視するむきもある。

新市庁舎の工事費総額は約19億5000万円になり、下請け業者は地元大手建設会社の2社、天草市では超大型建築工事だ。前市長時代の市庁舎計画案は65億円以上で豪華過ぎるとさんざん批判され、現市長が既に設計済みの計画を変更したが、それまでの設計料は一部支払い済で違約金も発生した。それでも50億円の新市庁舎である。

人口減少に悩む天草市には、まだまだ大きすぎて、あとあと大きな維持費が負担にならねばいいが。2019年2月の完成予定だが、共同企業体の不祥事でまたまたはなからつまずいた。

2017. 6. 22

立法府はある？

不磨の大典という言葉がある。永久に残る不朽の法のことだ。日本国憲法は制定以来一度も変更されていない世界でも珍しい憲法だが、不磨である必要はない。時代に応じて変えればいい。日本が民主主義国であれば、議会で法律を決めることができるし、法律を変更することもできる。

共謀罪やテロ等準備罪を含む改正組織犯罪処罰法の強行採決可決は、自民党の多数派の横暴だと評判が悪い。与野党で議論するのが国会だが、いつものように価値観や立場の違いで議論にならない。日本人が議論下手なのか、日本語が論理的でないのか、日本に未来図がないのか。不毛な論争に終始し、最後は多数派で可決となる。

マスコミの非難はいつものごとく、多数派与党の強行採決に集中する。議会は弁論を交わす公の場所。議員は法案を、論点を明確にして論議し、採決に応じ決定する。時代が変わり欠陥不備があれば、選挙で多数派を形成し、その法律を廃止するか、変更するのが仕事。

国会には政局で攻防している税の無駄遣い委員会も多い。立法の舞台である議会の役者は国会議員、その役者を選ぶのは国民だ。

2017. 6. 23

サイバーテロ

コンピュータネットワークに依存している世界では、政府や企業などのコンピュータにインターネットを介して不正に侵入してデータを破壊したり、情報を盗んだりして社会を麻痺させるサイバーテロが多発している。コンピュータネットワーク社会のアキレス腱だろう。

情報機能を破壊するサイバー攻撃は、経由経路が複雑で、拠点を特定するのも困難らしい。敵の正体もつかめず、見えない敵ほど始末が悪い。

それに比べれば、第二次世界大戦後から1989年まで続いた東西冷戦時代は、本当に分かりやすかった。西側自由陣営のアメリカと東側共産陣営のソビエト連邦の、イデオロギーの違いによる対立構造は、お互いに角突き合わせて、敵か味方かはっきり見える存在だった。

そして、ソ連邦の崩壊で一応自由陣営の勝利となった。体制の束縛から自由になった周辺国はイデオロギーよりも民族自決とばかりに独立し、やっと世界に平和が到来したと思われたのだが、タガの外れた世界はテロが横行して逆に混迷を深めている。

世界電脳戦時代の幕を開けたサイバーテロとともに厄介な世界になり始めた。

2017. 6. 24
セキュリティ管理

世界の常識は日本の非常識、日本の常識は世界の非常識、と言われることがある。日本と西洋は全く逆の事柄も多い。文章は右から縦書きと左から横書き。住所表記は順序が逆。会話は結論が後に来るか先に来るか。

盗みはどこでも犯罪で盗人が罰を受けるのは世界共通だが、盗まれる方も批判されるのが大方の世界だ。セキュリティ管理を問われる。これまでの日本人の常識では考えられない事態が今、起こっているようだ。

サイバー攻撃で機能が麻痺して業務や仕事がストップする企業が出ている。どこから攻撃されているか特定できず、ネットワークの復旧に金を要求する。日本人の犯行の場合もあり犯罪行為もエスカレートして、悪質化している。

オレオレ詐欺といわれる、主にお年寄りを狙い、子どもの不祥事をかたり、親心に付け込んでお金を騙し取る被害も絶えない。日本人は正直で人を信じやすく、詐欺を疑わないし、海外でも免疫力がないので被害に遭いやすい。

お金を貸すのは日本人が一番よいそうだ。日本では借りたら返すのが常識だが、貸し手の責任も問われるのが世界の常識だろう。

2017. 6. 25
フウガジン

「これからは奇人・変人やアウトサイダー、そして、きびしい意見を言う人の話をじっくり聴くようにしたい」。数年前の天草市法人会女性部の講演会での副知事の発言だ。県民の常識にとらわれないユニークなアイデアにこれまで以上に耳を傾けていく決意を語った。

その場で聴いていた私は内心、何か変わりそうな予感がした。閉塞状況の中、将来が見えない現状を打破するために、この4者の発想を活かそうとしている。

天草には「フウガジン」という人物像がある。熊本の「肥後モッコス」とは少し違うが、一家言のある、物事にこだわりを持った人物のことだ。最近ではあまり耳にしなくなった。

高学歴化してきた人間が、逆に小さくまとまった人物にしかなっていないのか、社会に遊びや余裕がなくなったのか、あるいは社会がハラスメントに敏感になり、本音を語る人間の居場所がなくなっているのか。

我が道を行く人や風雅人には面白い人物が多い。何もしない人は非難もされないが環境も変えられない。犬が人を噛んでもニュースにならないが、人が犬を噛むとニュースになる。

2017. 6. 26

存在感

昔お世話になった人を思い出すことが多くなったのは、歳をとった証拠だ。家業を継いで数年経った頃、地元経済界の重鎮の男性と同席した折に「どうしているのか」と問われ、「ここは狭いので何もできないです」と答えると、間髪を入れず「マーケットはつくるものだ」のひと言。頭をガツンと殴られたようなショックを受けたものだ。

また、「沈香もたかず屁もひらず」というコトバを教えてくれた。あまり品は良くないが、ご自身の個性の肯定的表現だろう。人生は一度だけだから、なんでも良いから存在感のある人間になれということだと解釈した。

ある金融機関の担当者の話では、今の若い経営者は総じて、金融機関に合わせて話す社長が多く、自分の経営方針などを述べる社長は少ないと言っていた。相手の心象を悪くしない方が得と思っているのかもしれないが、思いも伝わらない。

次の時代をつくる若い世代が、仲良しクラブ的な雰囲気の中で満足せずに、異世代とコミュニケーションを取る努力をしていかないと、古人の知恵やコトバも伝わらないし、世間が狭くなっていくだけだろう。

2017. 6. 27
マスコミの矜持

やっぱり島国なんだ。平均化した人間しかいないし、今のところ満足はしていないが、それ以上の努力をしてまでもっと上を目指そうとは思わない。日本はこれからどうなるのだろう。世界は大きく変わってきている。

近隣には、独裁者のいる好戦国、経済大国になり軍備拡張に大車輪の一党独裁国、元共産国元祖で大国再興を目指して躍起になっている軍事国がある。いずれも一筋縄でいかない国だ。アジアの国々の経済台頭も著しい。

我が国は森友学園や加計学園とか、一見教育問題かと間違われるような低次元事象で、内閣支持率急落と騒ぎ立て、政治状況を矮小化している。国政は、世界とどう向き合っていくのか本気に議論し、政策を練らねばならない。

独立したマスコミには矜持があるはず。内弁慶のごとく日本政府を叩くばかりでなく、内政干渉と言われても異国の不足不備を指摘して、少しは言論の自由、人権の保障を説き、非民主国と言論戦を挑み、大きな視野で報道したらどうか。

彼らは常に日本非難のプロパガンダを発信して情報戦を仕掛けている。日本政府を単純に批判するだけでは彼らの思うツボだろう。

2017. 6. 28
ペーパーレス社会

だいたい総会シーズンが終わったようだ。総会資料は分厚いペーパーで、チラシの類いもある。資料は捨てるわけにもいかない。ポスターや電車の中吊り広告は見る意思はなくとも、視野に入ることで興味を持たれる。

ペーパーレスになれば、必要な情報だけを検索して、不要な情報は収集しないので、無用な資料は目にすることなく、偶然見るということは少なくなる。ペーパーレス社会を想像すると、書類の整理保管の書類棚などが不要になり、オフィスがスッキリするが、何か無機質な空間が目に浮かぶ。

紙媒体がなくなっていくと、印刷会社や製紙会社は大きな影響を受ける。新聞雑誌、ダイレクトメールなども紙媒体のまま残るとは思えない。インターネット配信でパソコンやスマホで読む時代になっている。ポスターや広告看板もスクリーンに変わっていくだろう。ファクスは無用になり、コピーやプリンターも不要になる日は近い。

ペーパーレス社会では、情報過疎がなくなり、紙媒体に煩わされることもなくなるので、自分の時間をたっぷり使って、新しい創造・創作の新時代になるだろうか。

2017. 6. 29
吾唯足知

「吾・唯・足・知」の4つの漢字の口を真ん中に配置した銭形の手水鉢は、日本庭園によく似合う。風流な趣がある上に、哲学的な風情も感じさせるその手水鉢には、自戒の言葉が彫ってある。

宅配便は便利な日本を代表するものの一つだが、ここにきて、宅配品の急増によりドライバー不足などの問題が生じているようだ。通販や大手ネット販売高は増える一方で、配送業車は流通拠点を拡張整備しているが、需要に追いつけない。

現在は一日でも宅配トラックを見ない日はないほど、宅配便が往来している。日時の指定通りに、どこへでも配達していただけるのはすごいサービスであり、不在時の再配達もあるので重宝するが、頻繁な宅配車は交通渋滞も引き起こす。

便利さを追求しすぎると行き着くところ、人への負担は多くなり、高コストになり、問題を生じる。今の宅配業界の労働実態は過酷だろう。ドライバー兼配達員の労働も利便性も費用もほどほどの社会を創造していくのが、今からの時代ではないか。

「吾唯足るを知る」。いろいろな意味があるが、一つは不足を恥じない心だ。

2017.6.30

人手不足

今から45年前のことだが、欧州視察兼研修旅行で3週間、各国の主要都市を巡った。ロンドンでは名門老舗のグロスター ホテルに宿泊。下手な英語で従業員に話しかけたりして、各部署の担当者を観察すると、レストランのウエイトレスはスペイン人、客室の清掃担当者はデンマーク人など、欧州各地よりスタッフが集まってホテルを構成しているのがよく分かった。共通語は各国なまりの英語だ。

7つの海を支配した大英帝国。イギリスは何十年も前から、外国人労働者に門戸を開いて、その労働力を活用している。多国籍の多様性が日常に溶け込んでいて、違和感がない。

日本の労働力不足は深刻化している。

ある地元の大手建設会社社長は、今の60代の社員が引退してしまう数年後に、需要に応じられなくなることは目に見えていると話す。仕事はあるが、人がいない状況だ。建設業に限らず、サービス業や小売業などの零細業者の人手不足は深刻化している。

日本の外国人労働者の受け入れはいつになるのだろうか。今のままで手をこまねいていては、早急に行きづまる業界が現れるだろう。

2017. 7. 1

墓地

我が家の墓地は、自宅からは300メートルほど歩いた小高い城山の斜面を登ったところにある。本家を継いだ父が亡くなった翌年に建立した墓と、二人の伯父の3家の墓が建っていた。

数年前に本家を残し、伯父の墓石が移転した。何しろ墓地までの急坂細道を歩くのがきついのだ。若い時分には感じなかったが、今は、墓に着くまで3回は休まないと登り続けられない。

早くに亡くなった父が眠る墓に、亡母も60歳過ぎ頃からお参りに行けなくなった。私も体力的に無理になってきたので、そろそろいとこと同じように墓地の移転先を考える時期になった。檀那寺や弟妹の意見も聞かないといけない。

墓地の場所は限られており、なかなか適当な墓地がない。勝手に造れないし、50メートル以内の住宅の許可を得なければならない。本渡地区は住宅地の開発は進んでいるが、自動車で行ける共同霊園がない。高齢化が進む地方でも墓地の不足は深刻のようだ。

天草市には下浦町の石工の伝統があり、墓石の製作には困らない。最近では、天草石工の里「下浦ガイドブック」も発行されていて、若手後継者も育っている。

2017.7.2
闖《ちん》入者

7月1日の深夜、居間にコオロギが1匹いた。夏の闖《ちん》入者は2センチほどの小さな若いやつだ。しばらく観察しているとスコスコと暗闇に消えた。コオロギは秋の虫と思っていたが、初夏には活動し始めるので、ごあいさつに入ってきたのだろう。

我が家には、他にも毎夜、キッチンのガラス窓の外にへばりついているヤモリくんがいる。ガラス越しに見る白い腹は、満腹状態に膨れている。外を見るとフンの量が多いので、家族で住みついているらしい。家の明かりに集まる小さなガなどの餌に困らないありがたい食堂だし、文字通りの〝家守〟だ。害虫等を退治してくれるので、まー、許すとしよう。

闖入者で最も迷惑なのはムカデくん。ほんの少しの隙間から入ってくる。いつぞやは天井から10センチ以上あるムカデが落ちてきてパニック状態。

どうにか掃除機で吸い込んだ。

被害にもあった。地区の氏神様である十五社宮の例祭に出席していた時に、右足のつま先がチクリとした。靴を脱いで振ると、伸びたようなムカデが落ちてきた。結局病院のお世話になった。氏神様に不義理をして罰があたったのだ。

2017. 7. 3

同級生

7月になった。新聞の8日間の天気予想では、晴れ・曇り・雨マークがバランスよく並んでいる。

蒸し暑い日が続くが、梅雨明けのような青空も多くなったようだ。

5月には雨が少なくて困ったと、定年後に稲作を始めた同級生が嘆いていた。川の水も干上がっていて、ポンプアップもできず、バケツの水汲みは重労働で老体にはきつい。

別の同級生は同じく定年後、畑を借りて家庭菜園を始め、野菜類を栽培している。玉ねぎなどをもらうが、イノシシにやられるとこぼしながら畑仕事をしている。

中年になって、本格的に農園経営をしている同級生は、早朝より農作業を行うので、食事会をしても午後10時前に帰宅する。農家レストランも経営して、土日もなく定年もない。真っ黒な顔は飄々として憂いがない。

民宿を経営する同級生は釣り好きで、大漁の日は分けてくれる親友だ。

古希になってもやることがある人生は楽しいが苦労もある。年金暮らしで心配がない人は多くはないだろうが、天草には田畑があり、釣りなどができる自然に恵まれているので、天草の将来について、あまり深刻に考えずに自分の人生を楽しんでいるようだ。

2017. 7. 4
都知事選

昨年7月の東京都知事選挙に続いて、都議選でも小池百合子都知事勢力が圧勝した。昨年私は投票権もないのに、小池都知事候補の応援メールを都内の友人や知人に送った。「東京は熱いでしょう。都知事候補の小池女史は『無電柱革命』（ＰＨＰ研究所、２０１５）を上梓し、日本から『電線病』追放が政策。よろしく」というメッセージだった。接戦の予想ははずれ、見事な圧勝だったが、一抹の不安は消えなかった。小池候補の渡り鳥的政治姿勢も聞いた。応援したのはただ一点、無電柱化の推進だ。その突破力で、まずは東京都から電線電柱の地下埋設を推進していただきたいとの思いだ。

今回の都知事選で当選した新都議は知事が率いる地域政党「都民ファーストの会」が55人を占めて、支持勢力は半数を上回った。小池都知事の政策推進には大いに力を発揮するだろう。しかし、都議会は都政のチェック機能も重要な役割だ。都議会が政局の火種にならないように、都政課題に邁進してもらいたい。

安倍首相への不信と閣僚の軽さを反映したとすれば、現政権はタガを締め直し、真摯に国民に向き合わなければならない。

2017.7.5
脱亜論

「国中朝野の別なく、一切万事西洋近時の文明を採り、ひとり日本の旧套を脱したるのみならず、亜細亜全州の中にありて新たに一機軸をいだし、主義とするところはただ脱亜の二字にあるのみ。しかるにここに不幸なるは、近隣に国あり、一を支那といい、一を朝鮮という。その古風旧慣に恋々するのは、百千年の古に異ならず」

福澤諭吉が創刊した時事新報の明治18（1885）年の記事で、いわゆる「脱亜論」の一部だ。132年前の論調の示すところは、今も変わっていないようだ。誠に残念だが、東亜には日清戦争、朝鮮併合、日中戦争などの歴史が示す通り、中国、朝鮮、日本の三国の真の友情友好は見られない。

中国共産党は人権や自由選挙の西洋思想を受け入れず、共産主義とはいえ封建時代の残滓にどっぷり浸かっている。北朝鮮労働党は金王朝専制君主気取りの金正恩委員長による独裁恐怖統治の主体思想でこり固まり、時代錯誤を続けている。

中国と北朝鮮の近代化、民主化は絶望的だろう。地政学的な3国の緊張関係の中で、日本は誰が首相でも、否が応でも共存していかねばならない。

2017. 7. 7
学生時代のアルバイト

職場のライブラリーに自宅の本を寄贈するため、本棚を整理していたら、古びた本から栞がわりにしたらしい名刺大の身分証明書が出てきた。昭和41年10月発行の東京丸ノ内のパレスホテル所属酒場係のもので、通勤区間証明書だ。

学生時代にアルバイトをしていた旧パレスホテルの9階スカイバーラウンジは、皇居に面しており、有名人の顧客が多かった。客席にアルコール類を運ぶのが仕事だった。階段状の上部にあるバーカウンターで注がれたマティーニグラスを、盆ごと左手のひらに乗せて下りる際に揺れて少しこぼれる。カウンターに持ち帰ると上司に叱られたりした思い出がよみがえった。

大学入学の半年後に夜のバイト生活を始めたということになる。上京して何でも経験しようと張り切っていた頃だ。年齢は18歳。未成年で酒場の仕事をしていたのだ。

神田の焼き鳥屋でもバイトしたが、ヤキトリの煙が頭髪に付いいて閉口したものだ。焼き鳥屋の主人に見込まれて、そのまま就職したバイト先輩もいた。

証明書裏の注意事項には、退職等によって資格を失った時は発行者に返付すること、とあった。

2017.7.8

顔は履歴書

男の顔は履歴書という。

国を代表するトップの顔を見てみよう。まずはアメリカのトランプ大統領。最近は渋面が多い。攻撃されたら、反撃するのが信条の大統領の怒った顔は役者だが大人気ない。

次の中国習近平主席は、いつも無表情を崩さない能面で内面の感情を見せない。今大暴れの北朝鮮金正恩委員長は、天下無双の絶好調の高笑いに隠れた真の顔は不明。デビューしたてのニュースター、フランスのエマニュエル・マクロン大統領は、若く好感度のあるイケメン。

最後に、我が安倍首相。加計問題等で一強の足元が乱れ、浮かぬ顔だ。他にも国を代表する面々を思い浮かべると、その国のことがイメージされるので、なるほど国の顔は大事な存在なのだと実感する。

社長の顔も会社のイメージをつくる。我が社の顔はどうか。自信がないので、人のことは言わない方がよさそうだ。年齢的にも事業承継の時期であるが、自分で残した借財は目処を立てないと、次代の顔も曇るかもしれない。そんなことを心配しているうちに顔のシワも増え、人相も悪くなるので考えないことにする。

2017. 7. 9
崇洋媚外

　アメリカのトランプ政権は自由陣営のリーダーとして、自由民主主義の価値観が世界中に広がるように世界を引っ張ろうとは思っていないようだ。ビジネスマン出身の大統領とはいえ、経済取引と利益優先の政治や前政権の政策否定に終始すると、中国などの非民主国の経済圏に取り込まれてしまう恐れがある。

　建前と本音、虚と実などが表裏一体となって同居している中国にとって、攻撃的なトランプ大統領は御しやすいだろう。北朝鮮へ圧力をかけるように中国に迫っても、言葉で同意しても実行しないのは、彼らの面従腹背の歴史を見れば合点がいく。言葉と行動は一致する必要はない。なぜなら、相手の言うことに合わせて面子を立てて見せたのであり、本音では相手に従う理由はないのだ。

　最近は嫌中本が多いが、以前にも中国本の出版ブームがあった。１９８８年発行の柏楊著『醜い中国人』（カッパ・ブックス）には、現在進行形の出来事にも納得がいく中国人論が展開されている。

　今も「崇洋媚外」（西洋を崇拝し外国に媚びる）は売国奴なのだ。外国かぶれと言われるのが怖くて西洋を受け入れない。

2017. 7. 10

一国二制度

アヘン戦争の結果、英国は清国より南京条約で香港島を永久割譲。その後北京条約で九龍半島を割譲、さらに人口増加による水不足で新界を99年間租借した。鄧小平は軍事介入も辞さずと一括返還を迫り、サッチャー首相と趙紫陽首相が共同声明に署名。

新界だけでなく香港島・九龍半島も含めて香港が中国に返還されて、今年で20年。英国は中国と経済取引を進めるために香港を返還した。

返還時に約束された「一国二制度」で、50年間は本土と異なる政治制度の高度な自治が認められているが、今や自由や民主が抑圧されて「二制度」は形骸化しつつあり、「一国」に重心が移っている。返還時には香港の自由と民主が良い影響を与え、本土の民主化が進むと期待されたのだが、香港の民主化は風前のともしびだ。危機感から若者を中心にデモが行われたが、習近平主席は民主化運動は独立運動につながると式典で警告した。

台湾も自国の領土と言い、香港の自治も認めない中国は、批判的な自国民を弾圧し監視を続ける。共産党独裁で経済力と軍事力を権力の基盤に据えた中国の未来は如何なるものか。

2017. 7. 11

領土問題

領有権争いがある国は多い。日本は北方領土のロシア、竹島の韓国、そして尖閣諸島の中国と問題を抱える。領土としては小さな島といえ、領海を含む資源があり、領有権はおいそれとは譲れないのは双方とも同じだろう。

第二次世界大戦の結果、旧ソ連は北方四島を施政下にした。ロシアは日米安保条約で米軍基地の進出を恐れているし、その海域は太平洋に出る海路で戦略的に重要。日本は共同で経済開発を進める提案をしている。竹島は今韓国軍兵士が駐留しているが、長い間無人島だった。尖閣諸島は戦前日本人の鰹節工場があり、払い下げられて民間所有の島となったが、民主党政権時に国が買収して国有化された日本の領土だ。

領土を巡る問題は感情的になり深刻だ。国境線を引く以上領土は確定されねばならず、どの国にとっても争いの種になる。昔は国境を巡って戦争が起こったが、第二次世界大戦後は戦争で解決しないように国際連合を創設した。

領有権争いの地域は当事国から離して、その解決まで国連管理下に置いたらどうか。管理費は当事国の分担として長引けば負担が増える。

2017. 7. 12

隣国

世間話的にいえば、我が国の隣国とは、近所付き合いで話がかみ合わないお隣さんだろう。すぐに過去の被害者として、隣人を非難するのは共通している。

百年前の中国大陸は辛亥革命で清朝が倒れ、分裂政府状態で統治能力などあろうはずもなかった。

権力不在の中で、欧米列強は植民地化への欲望をむき出しにして中原へ押し寄せ、このままで日本も同じような運命をたどりかねないと危惧。列強に負けじと大陸へ進出して、ドロ沼にはまって立ち往生している間に敗戦を迎えた。その後内戦に勝利した共産党が国民党を駆逐した。

李朝の朝鮮は「両班」という特権貴族階級の支配する階層社会で、貧富の差は甚だしく、日韓協約で大韓帝国が日本帝国に帰属した。日本人と同等の教育に力を入れて識字率が向上。ロシア帝国の南下政策を受けた日露戦争の勝利の結果、自ら日本化を望んだ日韓併合だった。日本の敗戦後独立し南北で戦った朝鮮は今も休戦中だ。

中韓とも歴史を自らの都合に合わせて解釈して、他者に責任を押しつけるのは愚民政策と内部闘争のゆえか、自己陶酔や利己心のなせる技か。

2017. 7. 13
デフレ経済

「時給を上げても応募がない、という声を、建設関連ばかりでなく接客業の方々からもよく聴くようになった。しかし、県内で進行する人手不足に対して、名目賃金は上がっていない」『地方経済情報』（公益財団法人地方経済総合研究所）7月号の記事だ。

２０００年以降の人手不足の要因は15～64歳の生産年齢人口の減少であり、直面している課題は放置していても解決せず、時間とともに悪化の一途をたどる。一人当たりＧＤＰの伸びが１９９０年代から止まったままだから賃金が上がらない。新興国経済の台頭、特に人件費の低い隣国中国の低価格商品の洪水で、デフレ経済が定着してしまった。

日本の経済成長率3パーセント目標に向けて、アベノミクス三本の矢を発動。「大胆な金融政策で」デフレマインドを払拭し、「機動的な財政政策」で政府自ら率先して需要を創出する。「民間投資を喚起する成長戦略」は規制緩和等によって民間企業や個人が真の実力を発揮できる社会を創造するという。

規制緩和は強い中央大資本の地方進出を促し、地方企業の疲弊は進み、パートタイマーの募集しかないのが実情だ。

2017. 7. 14

強中国夢

中華人民共和国は中国共産党が１９４９年に建国。２０４９年が１００周年になる。１９９７年の香港返還から50年間は「一国二制度」を中国は約束。その期限は２０４７年になる。

欧米列強や日本に蹂躙され続けてきた中国。その積年の怨みを晴らすため覇権国になるという「強中国夢」を実現するために、中国は「１００年マラソン」を続けている。一党独裁で権力を共産党に集中させてきた。かつては鄧小平の「韜光養晦」。すなわち、才能を隠し、力を蓄える。現在は習近平の「中華民族の偉大なる復興」を隠すことなく推進中だ。

建国１００周年に米国の覇権を超える目標を立てている。あと32年。一国二制度の許容期限はあと30年。中国の長期的世界戦略である一帯一路計画を進め、東西を結ぶマラソンの残りはあと3分の1を切った。30年後は香港同様台湾も中国領土になっているか。中華民族の復興を実現させて覇権国になった中国は世界を差配して１００年前の屈辱を晴らす。

30年後の日本の将来は若者の手にある。日本が無策では中国の世界戦略に対抗できない。真夏の悪夢になる。

2017. 7. 15
お盆

先祖の霊を迎えるお盆。私は両親とも臨終に立ち会えなかった。

父は戦前、南満州鉄道に勤務していた頃に結核を患い内地で療養。50歳を過ぎた頃に肺がんと診断され、その後大学病院に入院。どうしても自宅に帰りたいと言って自宅で療養していたのだが、往診で注射してもらった2時間後に突然亡くなった。会社員の私は福岡勤務中に父の死を知った。

その35年後。糖尿病を長く患っていた母が同じ大学病院で両足を手術して退院。一人でも歩けるくらい元気になって、ひと月経った頃、地区の敬老会があった。大雨だったが母も張り切って出席。司会進行を私がしていたが、いつもと違い常に母の視線を感じた。その翌日、10時になっても起きてこないので訪ねてみると、布団の中で既に冷たくなっていた。早朝の5時頃、脳出血だった。前日にセットした髪もきれいなまま、寝姿も乱れておらず、苦しんだ様子はなかった。いわゆるポックリ死だ。

敬老の日に皆さんに別れのあいさつに来て、こんな風に死ねたらいいねとよく言われた。祖父母も両親も自宅の座敷で亡くなった。天草は旧盆だ。

2017.7.16
内政不干渉とは

中国民主活動家の劉暁波氏は、国家政権転覆扇動罪で懲役11年及び政治的権利剥奪2年の判決を受けて服役中にノーベル平和賞を受賞、8年半の服役中に肝臓がんで死亡した。

中国外交部の定例記者会見では、海外メディアの劉氏の死去に関する質問が集中。副報道官は「中国の内政に干渉しており、強烈な不満と断固とした反対を表明する」と何度も語気を強めたという。

内政不干渉の原則とは、国家は国際法に反しない限り一定の事項について自由に処理することができる権利を持ち、逆に他国はその事項に関して干渉してはならない義務があるという、国家主権から導き出される原則。干渉とは他国の国内管轄事項に関して武力またはその他の強制的手段を使って命令的介入を行うことだ。

言論での批判は内政干渉にはあたらないし、人権の普遍性は国際的に認められている。中国は劉氏追悼が民主化要求運動に広がらないように徹底的に抑え込む。中国の民主化への恐怖心はいつまで続くのだろうか。

看取った妻、劉霞さんへの最期の言葉は「あなたはしっかり生きなさい。幸せに暮らして」。

2017.7.17

反面教師

孫子の兵法を駆使して中国は民主化を遠ざける。1949年に中国共産党は建国宣言。60年代には中ソ対立があり、毛沢東は1972年、敵の敵は味方と米大統領ニクソンを電撃的に訪中させ、ソ連を牽制。日本も親中派の田中角栄が訪中し国交を回復した。

毛沢東の死後、権力を掌握した鄧小平は1978年改革開放政策に転換し市場経済を取り入れたが、一党独裁を堅持。1989年に民主化要求の高まりから発生した天安門事件は武力で弾圧。1991年にゴルバチョフのグラスノスチとペレストロイカ政策でソビエト連邦が崩壊したが、そのソ連を反面教師にした。1997年に50年間の「一国二制度」で香港を返還させて、その後民主化を抑圧。

2008年の北京オリンピックは民主化を進める約束で招致、劉暁波らが共産党の一党独裁体制の廃止を呼びかけ、「零八憲章」を発表したが投獄された。2010年ノーベル平和賞を服役中の劉暁波に与えたノルウェーを中国は酷評し、授与式への参加を許さなかった。

2期目を目指す習近平は西洋の民主政治制度はまねしないと断言。覇権をめざし建国100周年に向けて邁進する。

2017. 7. 18
思考停止

戦後72年目になるが、戦争を知らない世代が増えたことを憂う意見が散見される。

戦争を知らないよりもっと憂うべきことは、なぜ日本は戦争に突入したのかという歴史的背景を知らないことだ。戦争は悪い、では思考停止する。

地政学的に何も変わっていない東アジアの政治状況は、戦前よりももっと深刻な事態にある。非民主主義国に囲まれている。隣国には一党独裁体制で周辺国に圧力をかけ、覇権大国をめざす共産党の中国、核・ミサイルに固執する金正恩北朝鮮と軍事手段を隠さないプーチン率いるロシアがある。

百年前の大陸は帝政清朝末期で辛亥革命が起こり、政治的な混乱状態で統治力はなく、革命を主導した孫文は日本に亡命するなど、中国の近代化に日本人が協力した。朝鮮半島は封建的な李氏朝鮮から大韓帝国に移行し大日本帝国に併合、内地並みの投資をして近代化を促進、教育を受けさせて識字率なども向上した。

ロシアの南下政策や欧米列強の植民地化にさらされたアジアにとって日本は光明だった。東亜の秩序回復戦争を挑み敗れた。無条件降伏で日本人は矜持をなくした。

2017. 7. 20
起業創業

地方創生の方法の一つとして、民間や個人の起業創業を促して雇用を増やすことが挙げられるが、地域を活性化しようと地方自治体も頑張っている。起業には強い意志、周到な事業計画そして資金が必要だが、最も重要で難しいことは家族や身内に独立を理解させることだ。資金を借入するにも担保や連帯保証人が必要な場合もある。

金融庁の森信親長官の在任期間が3年目に入った。従来の金融検査マニュアルから脱して取引企業や地域社会への貢献度を金融機関の評価基準に変更してきた長官だ。地方銀行の財務健全化に比重を置きすぎた結果、本来の目的の融資が伸びず、資金があるのに地域社会に回らない。事業計画や経営内容による融資を実行してきた政府系金融機関は、今では経営者保証を求めないようになった。

情報不足、経験不足、勉強不足と言われぬように、民間金融機関の目利き能力が向上して、信用保証協会や担保、保証人に頼らずとも事業性融資ができるようになれば、金融機関の理解と専門家、コンサルタントの活用によって起業へのハードルが低くなり、リスクを取って挑戦しやすくなる。

2017.7.21

ソ連崩壊

来る２０１８年は、中国共産党にとって内心期するものがある年だろう。１９４９年の中華人民共和国の建国から69年目にあたる。１９２２年に成立したソビエト社会主義共和国連邦が１９９１年に崩壊し、世界最初の社会主義国が69年間の短い期間で幕を下ろした。

１９８５年に最後の書記長になったミハイル・ゴルバチョフはペレストロイカ（改革）とグラスノスチ（情報公開）政策を打ち出してソ連の深刻化した経済危機の解決に乗り出した。社会民主主義を取り入れようとしたが強硬派の分離独立運動が生じ、民族主義を抑えることができず、ソ連の解体が始まった。

盤石に見えた東側の共産主義の盟主がこんなにもろく瓦解するとは予想外で、中国や北朝鮮にとっては大きな衝撃だった。民主化を始めたゴルバチョフは１９９０年のノーベル平和賞を受賞。そして翌年12月にはソビエト社会主義共和国連邦は消滅したのだ。

ソ連崩壊は中国にとって反面教師になり、ゴルバチョフ時代の相克を研究し、政治の民主化要求をはねつけて国内を引き締め、言論の自由や人権の保障など、西側の民主化を取り入れようとはしない。

2017. 7. 22
完生期

天草市下浦町出身の外園一人神戸女子大学名誉教授は百歳長寿者の研究者だ。人の一生を四季に例えて、二十歳までが春、四十歳までが夏、六十歳までが秋で、還暦を過ぎたら冬になる。昔から青春、朱夏、白秋、玄冬という。玄は玄人ともいい、人生の練達期だろう。

一笑一若一怒一老。笑えば若返り、怒れば老いやすい。

「五十六十は花ならつぼみ、七十八十が働き盛り、九十になって迎えがきたら、十年早いと追い返せ、百になって迎えがきたら、ぼつぼつ行くから慌てるなというとけ」の気持ちで玄冬期を生きよう。人生に余生はない。完生期だ（完全に生きる意）。

日野原重明聖路加国際病院名誉院長が百五歳で亡くなった。五十九歳の時、よど号ハイジャック事件に遭遇して人質になり、四日間拘束されて死を覚悟、人生観を変えた。それまでは医師として名声を高めようと自分自身のことを考えて生きていたが、事件後は生き延びた命を人のために使おうと考えるようになったという。

百四歳の誕生日に「わたしには余生などないよこれからぞ」と詠んで、生涯現役を貫いた人生だった。

2017. 7. 23
LCC

日本政府観光局（ＪＮＴＯ）が、本年上半期（1～6月）の訪日外客数を発表した。それによると、推計値で１３７５万７３００人になり、昨年より17・４％の増加となった。

韓国からの訪日が３３９万５９００人で、昨年より42・５％の大幅な増加となった。昨年4月に発生した熊本地震による影響の反動もあり、大幅な伸びにつながったようだ。韓国の格安航空会社（ＬＣＣ）を中心に増便がなされて、座席供給量が拡大した結果だった。韓国、中国、台湾、香港の4地域・国で１０００万人を超えて73・０％を占め、近隣諸国からの訪日が圧倒的に多いのは昨年と変わらない。このまま推移すると年間では２７００万人を超える見込みだ。

最近はどこの国でもＬＣＣが多くなってきている。低運賃実現のためにサービスの簡素化や運行費用の削減、徹底的効率化を追求する。海外や国内旅行の航空料金が安くなり、交流人口の増加にも大いに貢献している。

ロー・コスト・キャリアーの頭文字をとってＬＣＣというのだが、天草にもＬＣＣがある。天草エアラインは天草と福岡、熊本、大阪（伊丹）を結ぶ航空会社だ。ただし、こちらは地方海岸航空会社、ローカル・コースト・キャリアー。

2017. 7. 24
異常気象対策

梅雨明けして、早朝よりりせみ時雨が激しい。夏の天気も様変わりした。以前の夏は夕立が多かった。夕方になると入道雲が一転、急に雨が降り出し、しばらくしてやむと青空が広がり涼風が吹いた。

近頃、日中に突然土砂降りになるのは地球温暖化の影響だろうか。日本各地で集中豪雨被害が多発している。一時間に100ミリ以上の雨が降ると傾斜地が地滑りしやすく、土砂災害が起こりやすくなるという。亡父も言っていたが、昔は住宅を建てなかった場所でも、土木技術の進歩で宅地化されるようになった。宅地に不適な地区を造成したのも、自然災害に弱くなった原因の一つだろう。残念ながら災害危険地域が増えた。

天候の不順は今に始まったことでもないが、何か人類の未来への警告のようにもとれる。トランプ米大統領は、地球の気温変化は人類誕生以前からあるので人類に原因を求められないと言うが、人口増や産業化による二酸化炭素の排出量は昔と比較にならない。異常気候変動に英知を集めて対策を講じるのが現代人の責任だ。

2017. 7. 25

視点が変わる

他紙の記事で申し訳ない。久し振りにウーンと唸らされた。

日経7月24日の文化欄、フランス人ジェレミ・ステラという写真家の「小さな家 これが東京」という文章だ。東京の住宅街にはデザイン性の強い個人住宅が建っている。それが狭い土地の上に建っていて、まるで点在する宝石に見える。

都市は野外劇場であり、住人たちは役者、あるいは観客としてこの舞台上に存在する。これはイタリア人の感覚と同じ。車が入ってこない狭い路地や、至るところに建つ小さな戸建ての家々。その軒先に鉢植えなどの緑がある。一帯は村のように静かだが、緻密に張り巡らされた公共交通網で結ばれ、効率的に移動でき、都市の様式として完全である。

そして、狭い土地に家が建っていることに驚き、空に黒い線を引いたように見える電線にびっくりするフランス人がいる。新陳代謝が激しい東京には、建築家が設計したユニークな現代住宅が建っていく。パリは美しいが、東京には別の美しさがあり、美しさは一つだけではないという。

私は現在の日本の都市景観は醜悪だと思うが、視点が変わると美を発見する。

2017. 7. 26

デフレ傾向

学生時代に買った本のページに挟まれていた発行所編集部宛の新刊愛読者カードの郵便はがきに「7円切手をはってください」と記されていた。1968年発行の本だ。

現在のはがき料金は本年6月から62円になったので、およそ8・8倍になった勘定だ。

1970年の上場企業の大卒初任月給は大体4万円前後だった。現在は20万円ぐらいだろうか。ほぼ5倍になっている。円相場は1ドル360円の時代だ。円も強くなったが、今、111円として約3・2倍。それぞれ郵便料金、月給、円相場の50年程前との比較だ。

肝心の物価はどうか。一例をとると食パン1キロは116円から416円になっている。約3・6倍で、あまり上昇していない。食品価格が安いのはいいが、景気の低迷が20年以上も続いて、デフレ傾向のまま物価も上がらず、給料も上がらない状況は歓迎すべきかどうか。

現在の公共料金が標準的な値上がり価格帯だろうか。民間企業が低価格競争を続けていくと従業員の過重労働を招き、忙しいのに利益が出なくなる利益なき繁忙に陥り、経営を圧迫してくる。過当競争は企業と働く人の余裕もなくしていく。

2017.7.27
三戦

日本の国会議員は、こんな内向きの議論ばかりしていて大丈夫なのだろうか。衆参議院の予算委員会の閉会中審査で、加計学園問題に関しての与野党の議論を聞いていて思った。

唯一自民党の青山繁晴氏が、北朝鮮の拉致問題を外務省任せでなく、国会議員が中心になって交渉すべきことや、尖閣列島付近に中国の海警局の公船が巡航しており、中国の領海であり保安活動をしていると英語で海外向けに広報宣伝していることなど、を質問していた。野党議員の質問の言葉遣いは乱暴で、とても選良とは思えない。質問内容以前に議員のレベルが問題だろう。

国際社会において、日本の存在感や各種ランキングは落ちる一方だが、国会議員は危機感を共有しているとは思えない。島国で国際化が遅れており、井の中の蛙大海を知らず、となってはいないか。

中国が英語でも国際社会に向けて自国の正当性をアピールしているのは、三戦すなわち世論戦、心理戦及び法律戦を駆使しているからである。反論し、日本の意見を世界に向けて発信しなければ、正しいのは中国であると思わされてしまうだろう。

2017. 7. 30

地方の問題

人材採用で地方が首都圏に比べて不利な理由のうち、一番多かった回答は賃金など待遇が劣るが44％、次が企業の知名度が劣るだった。アンケートは地域シンクタンクと金融機関の47社に共同通信社が実施したものだ。

ただ内情は少し違うようである。高給や有名企業であるのは地方求職者の絶対的な条件ではないだろう。現実に地方企業は規模も小さく給料は安いと分かっている。選択肢も限られるが、高待遇だけでは続かない。

私事で恐縮だが、故郷に職を移して一番悩ましかったことは、地域固有の既成価値に対する疑問であり、馴れ合いの人間関係だった。保守的なのはいいとしても、合理的な方法を採ろうとしても理解してもらうのがなかなか難しかった。ここでは一年生と思い仕事をしていたが、地域社会に同化して気心が知れ、受け入れてもらうのに10年近くかかった。

一般的な心情ではアンケート結果の通りだろうが、地方が抱える構造問題には簡単に解消できない地域性があると思う。

事業投資しようにも地域の将来性が見通せないのが現状である。

2017. 7. 31
チープシック

自身が〝流行〟作家だった梶山季之氏は、〝流行〟という名の虚しいものに反抗して個性を生かすことこそ大切と女性にアドバイスをしている。流行はメーカーが作りだした虚像と断言した。

花の都パリのパリジェンヌの服装は地味だが、個性的で洗練されたセンスがあふれていて、いわゆるチープシックである。化粧品や服装におカネをかけるのではなく、個性にあった装いを見つけていくことが大事という訳だ。

個性を生かすことに男女の区別はない。男は男らしく女は女らしくという考え方は現代では死語、ではなく差別語となってしまう。男気は侠気とか漢気とも書く。この気風は男女ともにある方が頼もしい。

民進党の蓮舫代表が辞任に追い込まれた直接の原因は、野田幹事長が引責辞任した後、次期幹事長の引き受け手がなかったからである。残念だが男気のある議員がいないのだろう。人材不足もあり、民進党は政党の体を成していない。蓮舫氏、稲田朋美氏に限らず、女性議員諸氏は個性を生かした政治家らしいシックな装いを考えてみてはいかがだろうか。

2017. 8. 1
電気自動車

あと23年。英国政府も２０４０年までにガソリン車とディーゼル車の販売を中止すると発表した。メーカーに電気自動車（ＥＶ）などの開発を促す狙いだが、既にフランス政府は40年までに販売終了を目指す方針を表明していて、欧州各国や中国、インド他にも同様の規制が広がる可能性がある。さらに、英国は50年までに、ほぼすべての車を窒素酸化物が出ないＥＶなどに置き換えたい考えという。メーカーはＥＶなどへの転換が求められてくる。深刻な大気汚染の解消を目指す措置だ。

自動車大国アメリカはＥＶと自動運転の組み合わせで攻勢をかける。人工知能（ＡＩ）搭載の自動運転ＥＶも登場するだろう。石油産業を支えるトランプ大統領はどう関わるのか。

日本は如何に。低燃費競争ではハイブリッド（ＨＶ）やプラグインハイブリッド（ＰＨＶ）車などが優位にあるが、ＥＶの開発競争はますます激しさを増す。ＥＶの開発に必要な電気モーターをはじめ、部品の調達は容易で参入は難しくないという。既に開発しているＥＶメーカーもある。ＥＶは車の概念を変える可能性があり、自動車産業は一大変革の時を迎えた。

2017. 8. 3

集団安全保障

中国の劉国連大使が、北朝鮮の核・ミサイル問題で「主要な責任はアメリカと北朝鮮にあり両国の対話を求める」と、中国の責任を問うアメリカに反論する記者会見を国連本部で行った。全く正論だ。

北朝鮮が韓国に侵攻して朝鮮動乱が勃発し、3年間の激戦の末、米韓軍を主力とする国連軍と中朝連合軍の間で休戦条約が結ばれた。中朝と米韓が朝鮮戦争の当事国で、アメリカは朝鮮半島の将来の行方に責任がある。民族分断国家の韓国と北朝鮮はいずれは統一する。

トランプ米大統領はアメリカ第一で外国の安全保障にあまり関心はないだろうし、他国のために多額の出費をしたくない。だが、自論を推進するには、東アジアの火薬庫、朝鮮半島の武力対峙状況を解消しなければならない。

そして、日本国内のアメリカ軍基地、特に沖縄の基地問題の解決を図る。日本の自衛隊は国防軍として増強しつつ、アメリカ軍基地を随時撤収する。アジアの民主主義国はアジア太平洋の集団安全保障体制を構築して、中国の覇権に備えなければならない。中国は南沙諸島や西沙諸島の軍事基地化を推進している。

2017. 8. 4
大戦の残滓

第二次世界大戦後も国防を外国軍に頼っている国は、集団防衛のNATO諸国を除けば韓国と日本だけか。在韓米軍は2・8万人に固定されているが、日本には5万人が常駐している。他国から見れば占領体制が終わっていないようにも見えるし、アメリカの属国に見える。中国、ロシア、北朝鮮の軍事力増強の背景には、世界最強の軍事国アメリカが多数の軍事基地を韓国と日本に常設しているのもあるだろう。

21世紀になって、先の大戦の残滓がまだ現存しているのは残念ながら韓国と我が日本だ。韓国は北朝鮮と休戦中の戦時下体制だから、実質的には日本だけが外国軍が駐留している国である。そろそろ、日本も本当の独立国を目指したらどうか。

サンフランシスコ講和条約で進駐軍が引き揚げて独立を回復した後も、日米安保条約を結び米軍基地を残し、国防を米軍に頼り、経済再建に努力してきた。世界情勢が変化する中、自前の国防軍を創設して自国を守る決意を示せば、トランプ米大統領は理解するだろう。非NATOのスウェーデンはロシアの脅威に備えるため来年徴兵制を復活させる。

2017. 8. 5
河畔談義

今年の夏は異常に暑い日が続いている。道ばたのツワブキやオオバコも干からびてしまった。

昭和30年代の東京下町の庶民生活を描いた映画『Ａｌｗａｙｓ　三丁目の夕日』は団塊世代以上には懐かしい風景が広がる。東京タワーが建設中で、オリンピック前のまだ貧しい生活環境だった。

天草はもっとのんびりしていた。夏の宵の河畔は川面に吹き抜ける涼風を求め、うちわ片手に集まった近所の人たちの世間話には格好の場所で、川明かりの中に夕餉を終えた人たちや子どもたちが憩った。家に扇風機があれば良い方で、クーラーやテレビはまだほとんど普及していない。

今は世間話をどこでするのか。昔のように井戸端会議や河畔談義はなくなった。スーパー、趣味教室、病院などさまざまだろう。冷房の効いたお昼どきのレストランではご婦人グループがにぎやかに話を弾ませている。彼女たちのお昼の時間は少々長いが、そこは家庭の主婦。家族の夕食の準備のため、家に帰る時間は決まっている。お昼のひとときの会話はストレス解消の時間か。昔の井戸端や河畔と違い、今はおカネがかかる。

2017. 8. 6

国連

日本国憲法は平和憲法と称され、国際連合は国際平和等の実現を目的とする国際機関であり、双方とも極めて理想主義的だが、最もよく似ている点は理想と現実の乖離が大きく、自己変革が困難なこと。

日本国憲法9条の戦争放棄で日本は戦争行為を禁止されているが、ほとんどの国では外交上の最終手段として戦争を認めている。国連の安全保障理事会の5常任理事国は拒否権を持ち、他の加盟国とは権限の違いがある。すべての国が平等となってはいない。

日本国憲法も国際連合も第二次世界大戦の反省により、戦勝国である連合国主導のもとでつくられたが、70年以上経て世界の諸問題に対処できなくなりつつある。現在の国連は193カ国で構成されているが、未だに日本とドイツに対する敵国条項があり、米英仏中露の5大国一致の原則の運営方法は設立時より変わらず、機能不全になりやすい。

常任理事国が自国に不利な事案に拒否権を行使できる安保理は一旦解体して、既得権益のない組織に再編すべきだろう。日本国憲法の改正と国連システムの改革は困難だが、日本と世界の重要課題だ。

2017. 8. 7
告白

8月5日深夜のETV特集「告白・満蒙開拓団の女たち」を見て心が痛んだ。終戦直後に満州の日本人開拓村を襲った現実は過酷だ。

日本各地から満州に渡った多くの開拓団は日本の敗戦後、中国人の襲撃に悩まされた。ソ連軍の満州侵攻によって保護された村もあったが、ソ連軍より見返りに女性を求められた。村民は悩んだ末にソ連兵の接待に応じる選択をした。集団自決を選んだ開拓村もある中、苦悩の末、生きるために18歳以上の未婚の女性を接待婦に差し出した開拓村があった。15人の女性たちが村民が生き残るためソ連兵の接待婦となり、4人が病を得て亡くなったが、大勢の村民は帰国することができた。その生還の秘密が元接待婦の講演で明らかになった。戦後を苦難の中で生きてきた元村民と老婦人たちは、悲しい歴史を淡々とテレビで語った。

決して語られることのない戦争の悲劇の多くは歴史の闇にただよっている。無力な民間人に起きた戦争の実相は表に出ない。死ぬも生きるも地獄の中で生き残った人は何を思うか。王道楽土を信じて満州に渡った開拓団は日本の移民政策の犠牲者だ。

2017. 8. 8
日本の役割

北朝鮮のICBM発射は国連安全保障理事会決議違反、として国連安保理は制裁決議案を採択し、北朝鮮の石炭他の輸出を全面禁止する。

思えば戦前の日本は戦争か自滅かの選択を迫られた。ABCD包囲網で石油が禁輸にされ、石油を求めて南方に出兵、大東亜戦争を始めた。歴史を省みて、日本は北朝鮮と米韓の対話を促す役割を果たすべきときだ。河野新外相に期待したい。中国やロシアも今度の決議案には賛成したが、六者会合の必要性にも言及した。北朝鮮の核・ミサイル問題は経済的締め付けだけでは解決困難だ。既に北朝鮮は制裁決議に反発している。アメリカの敵視政策が続く限り、核・ミサイル開発をやめない。

アメリカのトランプ大統領と北朝鮮の金正恩委員長は似た者同士に見える。トランプ大統領は金委員長と会う用意はあるというが、核兵器禁止条約に不参加の国ばかりなのは皮肉だ。核を持つ大国が身を削らずして、核大国を目指す北朝鮮に核の放棄を迫るのは説得力を欠く。北朝鮮問題は、5常任理事国だけが核保有を承認されている現状に対する問題提起でもある。

2017. 8. 9
体制維持

北朝鮮はなぜこれほどまでも核・ミサイルの開発にこだわるのか。リビアのカダフィ大佐やイラクのフセイン大統領が殺害され政権崩壊したのは、核兵器を持っていなかったことが原因とみている。アメリカの敵対政策が変わらない限り核開発をやめないという。体制の維持が第一なので、莫大な資金を費やして核兵器やミサイルの開発を進める。世界でも貧しい国のひとつである北朝鮮は民生に資金を回すことをせず、国民生活をますます困窮させる。民生を圧迫する軍備や統制に傾斜していることは国家としても大変恥ずかしいことではないか。国民を信用できずに監視の対象でしかないとしたら、これほど悲しい国はないだろう。

体制が近い中国やロシアは、北朝鮮が崩壊して韓国の自由主義体制に統一されるとアメリカ軍が国境まで進出して影響を与えることになるので、北朝鮮を崩壊させることはしたくない。

いずれにしても国家の利害関係が最優先で、国民の生活や福祉は考慮されず、あくまで自国の体制維持に有利か不利かの選択しかしない。21世紀になっても東アジアの状況は変わらない。

2017. 8. 10

名は体を表す？

名は体を表すというが、名と体がまるで乖離している国家はどう考えればいいのか。

例えば北朝鮮。正式国名は朝鮮民主主義人民共和国というが、民主主義とは程遠く、人民の実情は見えない。統治の実態は労働党の一党独裁で、共産主義とは相容れない金王朝の一族支配が三代続く。英語表示はDemocratic People's Republic of Korea（ＤＰＲＫ）である。

中国はどうだろうか。中国の正式国名は中華人民共和国。英語表示はPeople's Republic of Chinaである。人民の共和国ではとても考えられない、人民を監視する中国共産党の支配する独裁国だ。人口の６パーセントの共産党員が政府の要職を占め、既得権益や特権を持ち、平等を標榜する共産主義とは言えない。

両国ともなぜ、国名と国の実態がかけ離れてしまったのだろうか。搾取からの解放を旗印に平等をとなえた共産主義の本義はどこに行ってしまったのか。

世界で初めて共産主義革命を成し遂げたソビエト社会主義共和国連邦は解体されて今はない。中華人民共和国と朝鮮民主主義人民共和国は、国名が国体を表す国柄にならねばならない。

2017. 8. 11

敗戦か終戦か？

72回目の8月15日だ。敗戦の玉音放送を聞いた日本人は悔しい思いをした人が多かったのではないか。反面、3年8カ月続いた戦争がやっと終わり、安堵したのも事実だろう。その前に4年間も宣戦布告なしの日中戦争が続いた。敗戦を終戦と言いかえて、終戦記念日にしてきた日本。終戦を記念する心情は何か。

敗戦は屈辱の記憶となるのが普通だ。都市は無差別爆撃を受け、多くの無辜の市民が犠牲になった。挙げ句には広島と長崎に世界最初の原子爆弾をアメリカ軍に投下された。なぜ戦場でない都市が爆撃され、原爆の犠牲になったのか。なぜ日本は被害に対して怒れないのか。なぜ日本は、国際法に違反し軍事目標や軍人以外の一般市民を無差別殺戮した連合国軍に対して、何も言えないのか。無条件降伏するまで日本は戦って敗者となり、悪者になった。

今から考えても他に方法はあったのか。親たちの世代は悪いことと思って戦をしたのか。昭和の長い戦争時代はやっと終わり、軍隊は解体されて軍人はいなくなった。戦後のGHQによる占領教育は、日本人の矜持をなくすことに成功した。

2017. 8. 12

生き残った父

大正7（1918）年生まれの父は、先の大戦で一番多くの戦死者を出した世代と言っていた。旧制中学卒業後すぐに満州に渡り、南満工専に学びながら南満州鉄道に勤務していた。17歳から27歳までの10年間、戦争に明け暮れる時代の中で過ごしたことになる。

「日本はアジアの先進国であり、日本がアジアを先導しなければならない」との思いがあったようだ。満州は五族協和の理想を掲げ、日本人の優秀さを発揮して国づくりをした。広大な土地で計画的に開発を進め、やりがいがあった。内地は地主が多く、開発が難しいとも言っていた。

日本は満州に王道楽土を夢見た。英国の植民地から独立した米国がモデルであった。狭い日本を出て大陸に行くことは長男以外の男子には憧れであり、外向きの風潮が、中国との長期にわたる戦が終わらずにいた原因の一つだろう。

当時はまだ植民地主義が終焉しておらず、現在の価値観では語れない時代に青春を過ごした。満州で病を得て内地療養となり、同期生の多くが戦死した中で生き残った自分に忸怩たる思いがあった。

2017. 8. 13

お盆の伝統

今年もお盆が来た。半世紀も前のお盆には一族が本家の墓地に集まったものだ。子どもの頃はお盆になると遠くのいとこも来るので楽しかった。好きな花火を持ち寄り墓地で披露してにぎわった。中でも年長者は爆竹やヤボヤという音の出るロケット花火を打ち上げて、にぎやかに先祖の霊を迎える。盆提灯を墓前に灯してろうそくや花火で明るく、線香のにおいが充満する墓地は、夏の遅い日没まで人出も多かった。初盆の家では精霊船を海に流すが、供養物目当てに泳いできた子どもたちの格好の獲物になった。

両親が亡くなった現在では、親戚も一堂に会することが少なくなり、お盆の行事は墓掃除をするくらいだが、今年のお盆には勤務先の社長に就任した弟の内祝いをする。先月に父方の最後の叔母が亡くなり、このお盆が四十九日に当たる。

先日は母方の90歳の叔母から戦時中の満州での生活記録や、終戦の年に死去した祖父の思い出を綴った手記を渡された。生きた記憶を次世代に伝えるのが役目と思っている。

亡くなった縁者を偲ぶのもお盆の伝統である。死者も含めて民主主義は機能する。

2017. 8. 15
戦中世代

妻が娘2人と1歳半の孫を伴って徳島の義母の見舞いに行った。3年ほど前から介護施設に入所しているが、このところ人事不省が続いているので、この連休を利用して帰省した。容態は小康状態で、声に反応はするものの意識はないので延命治療はしていない。義弟が地元にいるので安心だが、義母も92歳だ。阿波踊りが始まったが祭りどころではなく、墓参したり親戚にあいさつ回りしたりして、万一の時の用意も頼んだという。

私の両親の兄弟は父方が6人母方が11人、妻の方は父方が2人母方が9人なので合わせて28人。連れ合いを入れると合計54人にもなる。おじが26人、おばが24人。

私は結婚後すぐに家業を継いだので、おじやおばに心配をかけたが、身内は支えてくれた。そのほとんどが鬼籍に入った。

戦中世代で軍人も多いが、戦死したのは義母の兄一人。終戦まで外地にいた者も無事に帰国した。北海道出身の伯父は満州国の警察官で、敗戦時にはスパイの容疑で指名手配され、偽名を使って帰国したという。父が満州新京で同居していた姉夫婦の夫で、父の満州時代の話をしてくれたものだ。

2017.8.16

キャッシュレス

ドラッグストアにいくとレジが一新されていて、入金する際にキャッシュドロワーは開かず、入金口から現金を入れると自動的に釣り銭が出てくる機能のレジに変わっている。また、スーパーではお客自身で購入商品を申告し精算するセルフ式レジに出会う。求人難の中、業務の合理化と省力化を進めるだけでなく、現金を扱う職場のトラブル防止と犯罪が起きないようにするために、金銭管理的な面を重視しているのだろう。

大分以前から、アメリカの主要スーパーでは、クレジットカードか電子マネー以外は使用できず、現金を持っていても買い物さえもできない。そのくらい現金の管理トラブルや犯罪が多いということだろう。クレジットカードは文字通り信用であり、カード使用者が優先される社会になっている。

電子マネーのキャッシュレス世界が広がる中で、日本はまだ現金使用が一般的であるが、既に給料は銀行振り込みが当たり前になった。今では非合法な経済活動や脱税、収賄などの防止のために高額紙幣の廃止論もある。キャッシュレス化を進め電子マネーになれば、金銭管理の煩わしさから解放される。

2017. 8. 17
終戦記念日

毎年、終戦記念日に平和への誓いを新たにすることはよいことだが、安倍首相が他国への加害責任に触れなかったことが否定的に報道される。戦は無期責任なのか。中韓は政治的思惑で蒸し返すのを常套手段としている。戦争をしたくなければ相手に降伏をすれば済む。朝鮮がそうであった。

現在の韓国や北朝鮮の日本に対する感情はどうか。

歴史は勝者がつくる。歴史にイフはないが、日本がもっと早く、条件付き降伏をしていたらどうなっていたか。今のように戦争は悪魔のごとく否定されるだろうか。日本の戦法戦術は前近代的で、いたずらに犠牲を強いて大きな罪があり反省がいる。日本は負けて良かったと言われることが多いが本当だろうか。戦争はしない方が良いに決まっているが、戦争は止まない。

今日でも北朝鮮とアメリカは戦争前夜の如く罵り合っている。平和を誓うならば、他国がどうであっても両国に割って入り、戦争の愚かさを説くべきだろう。アメリカの同盟国なので独自の和平交渉役はできないのなら、平和を説いても説得力はない。日本だけが平和ではいられない。

2017. 8. 18

平和国とは？

北朝鮮や中国のように国内が強権によって押さえ込まれ、表面上は平穏無事に見える閉鎖国もあれば、一方では、アメリカに代表されるような反政府デモあり反対派も公認の開放国もある。どちらが平和国と言えるのか。判断基準が異なれば答えも違う。

政治体制とは一体誰のためにあるのか。政権のためか国民のためか。戦争さえしなければ、どちらも平和国家と言えるのだろうか。平和とは戦争のない状態を意味するのか。あるいは、争いの火種を解消して戦にならないように努力して無事な状態を続けていくことなのか。

戦後の日本は戦争はないから平和だと言えるが、国家間では対立を抱えている。尖閣列島始め、国境を巡る紛争が存在する。

世界中にはもっと多くの戦争の火種がある。争いの種を摘み、戦にならない状態をつくりあげていくことが世界の平和であれば、平和を誓うだけでは戦の種はなくならない。価値観が多様な世界であっても、交渉で争いをなくす努力をするという認識を共有して問題解決を図らねばならない。積極的に問題に関わり、解決しないと平和は保てない。

2017. 8. 19

地方のハンデ

茂木敏充新経済再生大臣が「人材の質を高める人づくり革命や企業の生産性向上に取り組むことで賃上げを進めたい」と述べ、時間当たりの労働生産性の低さが今の日本の問題点であると認識している、という記事を読んだ。

地方創生の掛け声はある。では誰が地方を担っていくのか。地方は人口減少している以上に人材が減少している。成果は人次第なので人づくりが最も重要だ。地方は人材教育と経営環境の高度化に向けてもっと大きな投資がいる。人を得ないと事業も計画・実行・評価・改善のＰＤＣＡサイクルの成長軌道に乗らない。

地方にはハンデがあり、情報・経験・勉強不足が言われる。地方特有の閉鎖性も変えていかねばならない。それには視野を広げて多様な問題意識を持って生活し、仕事に取り組む心掛けがいる。刺激が少ない地方では、些細なことがらに振り回されて、気持ちがぶれてしまいがちで、強い意志もいる。

何事にも徹底して取り組むプロ意識の涵養が今の日本の教育に欠けているようだ。モデルは大リーガーのイチロー選手。天才肌に見えるが努力家。プロ根性の塊に思える。

2017.8.20

美しい田舎

天草の中学卒業生はおよそ800人。そのうちの200人程度が島外の高校へ進学するという。4分の1の生徒が天草を出て行く。定員割れしている島内の高校へ進学させるために、島内の5高校が共同で宣伝活動を行った。進学希望の生徒が島外の進学高校へ行くケースやスポーツが得意な生徒が有力高へ推薦入学して出て行く。進路が多様なのは良いことだろう。地元の高校を卒業しても天草に大学はないのでいずれ出ざるを得ない。

問題は卒業後、天草に帰る人がほとんどいないことだ。天草に限らず、地方に魅力がない。日本の地方は就職口も少ないが美しくない。景観にこだわりがない。ここが欧州の地方に比べて非常に見劣りするところだ。町の大小ではない。歴史や文化を生かしたまちづくりをしてこなかった。

都市へ進学して知識を得、仕事をして経験を積んだ若者がそんな地方に魅力を感じるだろうか。給料は安くてもふるさとに貢献しようという人物はいる。既存企業にも将来が楽しみな企業はある。住み続けたい美しい地方をつくっていけば人はくる。本来田舎は美しいはずだ。

2017. 8. 21
ガンジーの予見

中国が主導する一帯一路政策はスケールが大きい。中国と欧州とを海路と陸路でつなぎ、流通、貿易を促進させる構想だ。周辺国を巻き込んで進展して行くだろう。問題点は中国の目的がどこにあるかだ。

思えば戦前の大日本帝国の国策は大東亜共栄圏の構築であった。日本、朝鮮半島、中国大陸からインドシナ半島、現在の東南アジアを含めて南アジアまでの汎アジア経済圏をつくり、日本がリーダーとなり、欧州やアメリカに伍する経済圏をつくる構想だ。

当時はアジアの諸国の多くが欧米の植民地であり、アジア人のためのアジアを取り戻そうと、戦争という手段をとり、大東亜戦争を始めた。英国植民地のインドのガンジーは非暴力主義で独立運動をしていて、日本の構想には理解を示しつつ、反面不安を示した。大日本帝国が大英帝国に取って代わるだけで、アジア人の真の独立のためにはならないという疑問だ。結果はガンジーの予見が当たった。

中国は２０４９年までに世界の覇権国になることを目標にしている。中国の覇権のための一帯一路とならないか。中国の姿にかつての日本が重なる。

2017.8.22

記念碑

記念碑の撤去か存続か。その国その時代その背景でそれぞれ異なる意見がある。アメリカでは南北戦争の南軍司令官リー将軍の騎馬像の撤去が問題化している。

南軍は奴隷制度を支持して戦い、アメリカ最大の内戦で負けた。リー将軍は敗軍の将だが南部地方では人気が高いという。戦争は総括されねばならないが、それぞれ戦いには背景がある。北軍勝利によって、奴隷が解放されて良い結果になった。それと南軍の記念碑の撤去は別問題だが、こちらは内政問題。トランプ政権がこのまま本音の政治を続けると、市民社会の分断は進み第2の内戦とも言える状況になる。

韓国にも記念碑の問題がある。従軍慰安婦の少女像が首都ソウルの日本大使館前の公道上に設置されている。同じ少女像を各地に設置しようともしている。こちらは外交問題なのでより深刻だ。政治的な思惑が絡んだ像は、時代の変遷で存続が左右される可能性はある。この記念碑の存在は政治の内向きを象徴し、日本の韓国に対する反感を増すだけだ。こちらの本音の政治は相手国の不興を買う。それにしても民主主義とは難儀だ。

2017. 8. 23

家制度 ①

なぜ地方が衰退したのかと考える。戦後GHQの指令により日本固有の社会のあり方が封建的で軍国主義を増長するなどの理由で否定された。

家制度もその一つだ。家制度とは戸主の元で一族が団結し、戸主は家を守って一族の面倒を見る義務があるというものである。戸主は家を守るために、仕事をつくり生活を維持し地域に根ざして継続していかねばならないので、財産をすべて相続する権利があった。地域の発展には産業を興すなどの努力が必要で、その使命がある。家は地域に残り、人口は極端に減少することもない。

八紘一宇という言葉は、戦時中は日本中心の世界をつくるような意味に使ったようだが、その本来の意味は、八紘すなわち世界を一宇つまり一つの家に例えて、世界中が一つの家で暮らすように、強い者は弱い者を助けて、みんなが幸せに生活できる世界をつくる、という意味で、とても平和主義の考えだ。

家制度はその中核をなすものだが、戦後は非民主的として解体された。現在に至る地方の衰退の一因と思うが短絡的な解だろうか。

2017. 8. 24

皇民化教育

過去の植民地でも現在の国民感情はそれぞれ異なる。

台湾・朝鮮・満州国は日本の植民地だった。植民地になったのはそれぞれ１８９５年・１９１０年・１９３２年。解放は１９４５年。古い順に親日度が増すようで、台湾は大の親日国。日本は帝国大学を創設し、満州国にも大学を設立した。台北帝国大・京城帝国大・建国大学校だ。植民地にも日本の内地と同等の最高学府を設けた。

大英帝国の植民地支配では民衆に教育、特に高等教育を現地で行うことはなかった。優秀な人材のみ首都ロンドンの大学に留学させた。日本の植民地経営は欧米の植民地と違い、現地民の教育に力を入れていた。皇民化教育とも言えるかもしれない。

日本はアジアの植民地の解放戦争にも協力。蘭領インドネシアでは日本の敗戦後、帰国しなかった多くの日本兵がオランダとの独立戦争に義勇兵として志願した。仏領インドシナでは再び舞い戻った旧宗主国フランス軍と戦うためベトナム兵を日本兵が教育、植民地解放に貢献した。

大英帝国から独立した国々は、今もユニオンジャックを国旗の一部に残している。英国と日本は何かが違う。

2017. 8. 25
冠婚葬祭場

結婚式と葬式は、時代により様相が変化する。昔の家は二間や三間続き部屋の構造の民家も多かったので自宅やお寺でのお葬式が普通で、地区の人たちが総出で葬儀を手伝った。高齢化が急速に進み、地区に人手がなくなり地域での葬儀が困難になって、地方にも多くの葬祭場ができた。核家族が増えたからか、家族葬も多くなり、身内だけの貸し切り家方式や、逆に豪華な設備を備えた家族葬専門の葬儀室を併設している冠婚葬祭場もある。葬式は故人の遺志や遺族の想いでいろいろ。葬式無用、戒名不要もあり、お墓事情も複雑になった。

結婚式会場も大きく変遷した。葬儀と同様に、自宅での結婚から、旅館での披露宴の時代があり、公共ホールができると大人数の披露宴も可能になり、人気が広がった。その後は続々専門のデラックスな大型結婚式会館もできた。現在はホテルでの結婚披露宴が一般的だが、一方ではレストランウエディングや個性的な一軒家の結婚会場も人気がある。

十年一昔というが、人生の門出や終末を縁者に知らせる方法は変遷していく。両者とも業者の演出過剰が気になるが。

2017. 8. 26
三県架橋

天草と鹿児島県長島を結ぶ架橋の構想は、昭和53（1978）年に鹿児島県総合計画に盛り込まれたのが最初で、その後、昭和61（1986）年に熊本県「熊本・明日へのシナリオ」、翌年には九州沖縄知事サミットで島原・天草・長島架橋の構想推進が確認された。長島は天草諸島の一つだが、永禄8（1565）年の島津氏の侵攻により、肥後藩から薩摩藩の領地になった。現在の長島町は国・県道の歩道に石を積んで花壇をつくり、野の花のフラワーロードとして花のまちづくりをしている。

長崎県口之津町と天草市鬼池町は早崎瀬戸をはさんで最短距離。眼下にイルカの遊泳を見ることもできる。「長崎と天草地方の潜伏キリシタン関連遺産」も陸路でつながり、長崎に来た観光客は島原半島を経て天草に渡り、天草西海岸を望みながら大江、崎津の天主堂を見学して鹿児島に入るルートか、本渡の街を通り天草五橋を経て、世界遺産「明治日本の産業革命遺産・三角西港」を見て、熊本に向かうルートも選択できる。

鹿児島県で始まった架橋構想は39年も前だ。天草を含む九州の発展に九州西海岸軸は大いに貢献する。

2017. 8. 27
病気と薬

この歳（69歳）になると、病気や薬と縁がない人は少ないだろう。もう10年くらい前から、いやもっと前だったか、そのくらい記憶力が衰えたのか、悪いことは忘れるのか、ともかく血圧が高めだと市内の大病院の定期健康診断で指摘された。同病院で高血圧治療の処方せんをもらい、病院前の調剤薬局で高血圧の薬を購入していた。

1時間以上待ち、2、3分の診療。薬の処方せんをもらうだけなのに、時間がかかるので、医師と相談の上、近所の開業医をかかりつけ医として紹介してもらった。待ち時間は少なくなったが、毎月医師の診断を受けて、処方せんをもらわないと、調剤薬局で薬を購入するのができない仕組みだ。近頃は頻尿気味なので医師に相談すると前立腺肥大症とのこと。今は排尿障害を治す薬も追加して5種類の薬を飲むハメになっていた。面倒なので薬は一緒に飲む分を一袋にまとめてもらっている。

健康保険のおかげで3割負担で済んでいるが、今のように病院と調剤薬局の分離のままではコストがかかる。日本の健康保険制度は大丈夫だろうか。

2017. 8. 28
セピア色の写真

とうとう義母も亡くなった。数えの92歳。ここ数年、徳島市内の介護施設に入居して、同じような境遇のみなさんと一緒に生活を楽しんでいたが、脳梗塞を2回起こして、ひと月ほど前から人事不省状態が続いていた。妻も覚悟はしていたようだった。最後は苦しそうな表情が現れていたというが、霊安室で対面した顔は穏やかに見えた。

43年前四国から天草に嫁いできた妻は、涙も見せずに通夜、葬儀の打ち合わせを義弟と一緒に葬儀社の担当者とこなした。徳島では友引には葬式ができないので、通夜は翌日に行い、葬儀を済ませた。一番多く悲しんだのは孫たちだ。東京や横浜、熊本、もちろん天草からも孫たち全員が参列してくれたので、義母も嬉しかっただろう。義父母は孫たちを天草弁でいう、みぞがってくれた。何回も天草に来てくれたし、私たちも両親のもとを訪れた。

葬儀後の整理のために一日遅れて帰宅した妻は、私たち夫婦や孫と一緒に写った古びた両親の写真の幾つかを持ち帰った。眺めているとセピア色の写真は昔懐かしいが悲しい。双方の両親がいなくなってしまった。

2017.8.29

熊本地震から一年

熊本地震から1年4カ月経った。被災された方々の復興状態はいかがだろうか。

次女夫婦は熊本市内に中古住宅を購入して1年過ぎた頃に地震にあい、自宅が半壊した。応急修理は終わったが、未だに1部屋が使用できずにいるようだ。地震保険金は出ても工事職人不足で、個人住宅はいつになるか分からないという。

天草でも建設業者が熊本地震関連で熊本にとられている中で、地元の工事予定が立たない。足場業者は半年以上前から予約ができず、前年度の工事が完了しない。内装職人、建具業者等の下請け業者の仕事の急増で、元請け工事会社が見積もりを出せないでいる。下請け業者の請負金高騰の可能性があるので見積もりできないのだろう。

それとは別の問題だが、エレベーターは設置から20年で部品の製造が中止されて、その後10年間は部品の在庫はあるが、30年以上は部品供給ができないという。30年で新型エレベーターに入れ替えねばならない。

事故の度に仕様改正があり、設置2年目でも既存不適となる可能性もある。安全第一なのは当たり前。製品改良はエンドレスだ。

2017. 8. 30

老人は図書館

老人が一人亡くなることは、図書館が一つなくなることと同じ、とアフリカの国々ではいわれている。亀の甲より年の功というが、老人の永年の経験と知恵、学習の蓄積などが図書館と同じ大きな知識の宝庫といえるのだろう。世の中を生きていく上の大きな頼りである。

古希になる我々世代がその任にあたる世代にならなければならないのだが、何か足りないような気もする。戦後教育のせいか。戦争という大波をかぶってきた人たちには苦労人が多かった。個人的にも仕事上でもお世話になった人がだんだんいなくなり、存在感がある人が少なくなっていくようだ。地域の歴史や来歴を詳しく知る人が亡くなり、次世代に受け継がれないと地域は根無し草のようにふらつく。自信を持って地域で生きていくには老人の知恵は大切だ。

人生行路もいろいろな人間は人格者もいれば奇人、変人もいる。図書にも世界の名著もあれば奇書、珍本もある。多種多様もまた人生か。

親の説教と冷や酒は後から効いてくるという。愛情ある教えは心に残るものだ。老人と図書館を役立たせるのは自分次第だろう。

2017.8.31
通知書と案内状

お盆に帰省した弟と会った際、初めて介護保険の被保険者通知書がきた、とため息まじりに話していた。もう65歳になったのかという感慨とまだ若いとの思いが入り混じっているようだった。そして私宛には昨日、地区の敬老会の案内状が届いた。70歳で敬老会に該当するのが当地区とはトンと忘れていた。数えで70歳になるのでしょうがないが、まだ69歳だ。1歳違いは大きいので、今年はまだ敬老メンバーには該当しないと勝手に決めて、地区の区長さん始め役員の皆さんには申し訳ないが、9月の敬老会は出席しないでおこう。

まだ現役の弟の嘆息も老人扱いが公的に始まったことで、これまでとは違う時を過ごすことになるのだという思いか。介護保険通知書と敬老会案内状は二人とも老人の範疇に入ったということだ。気持ちは30代で止まっているが、頭と身体は確かに歳とった人そのもの。

ただし、天草では60歳代はまだ若手のうちで、70代や80代の先輩方はまだまだお元気で現役の人たちも多い。天草は高齢者が多いのはその通りなのだが、元気で目立つ高齢者が多いと言うべきだろう。

2017. 9. 1
事業継承

昭和10年に事業を始め、祖父が19年間、その後父も19年間、昭和49年に帰郷した私が43年経営してきた。初代と2代の合計より3代目の私が長くなった。

来年古希になるので、子供4人全員の前で事業承継を改めて話した。子どもたちにとって祖母の葬儀の夜の食事の折だ。息子1人、娘3人、皆神妙な面持ちで聞いていた。もちろん妻も。息子は既に勤務先には来年3月で退社の意向を伝えているといっていたので、後継者になる決心はしている。取引金融機関にも伝えているのだが、肝心の私が本当にそれで良いのかと悩むことが多い。

私は父が若くして亡くなったので、否応なく26歳で家業を継いだ。それまでのサラリーマン時代と違うのは覚悟していたが、それ以上に住む世界の違いに悩んだ頃を思い出す。家業を継ぐ直前に結婚した妻も私が長く悩んでいたのを知っているので、息子はもっと悩むのではないかというが、私との違いは地元の将来性。後継前に1年ほど世界を見て回るように話をした。息子の同級生も心配してくれて、天草の将来を考えると、今のまま東京で仕事をして能力を使った方が良いというが。

2017. 9. 2

道州制 ①

道州制はここ5年ほど話題にならない。道州制によって地方自治の成果が現れないという意見が多くなってきたことが大きい。十数年前の平成大合併で多くの自治体が地方分権のため合併した。その評価は肯定よりも否定的な方が多いのが現実だろう。結果は中心都市に人口集中して周辺地域の衰退に拍車がかかってきている。自治体の合併効果の少なさが、地方主権を目指す道州制の論議が急速になくなった原因だ。

明治維新前の江戸諸藩の数は２７０とも３００ともいわれ、藩が国であり地方主権の時代だ。幕藩体制の３００諸侯から現在の47都道府県になった。

幕末の人口はおよそ３０００万人といわれるので1藩あたりにすると平均10万人程度。現在の人口は1億２７００万人なので1県あたり２７０万人になる。国の数は少なくなり人口は多くなった。廃藩置県は中央集権化を推進して国力の増加に貢献したが、現在では活性化のために合併して地方分権化を進めるが、衰退に歯止めがかからない。

天草の天領期は一町十組八十七村。現在は二市一町。合併で自治体の人口は多くなりながら地方が衰退している原因は何か。

2017.9.3

自治体合併でなぜ衰退進む

自治体の合併効果がでていない事実は共有されている。天草市は平成18（2006）年に合併して11年が経過した。中心部の本渡の人口減少は少ないが、周辺地域の衰退は想像以上の速さで進行中で、消費都市である本渡にも影響している。他の合併自治体も同じような状況だろう。一自治体を大きくすることで、なぜ衰退に拍車がかかるのか。

企業体に例えれば、部門の問題点はその部門に精通した社員が一番詳しい。他部門の社員は詳しく理解するまで勉強する時間がかかり、何より権限がない。地域の問題も、地元住民に共有されて理解が早いと解決も早くなる。広域合併自治体は自治体職員の問題の把握と必要性の判断に時間と労力がかかり、即断即決とはいかないのだろう。

地元生まれの住人が多い旧自治体同士の合併は特にその傾向が強いのではないか。他地区の実情に疎いし、固定観念が抜けきらない。都市部はよそから来た住人も多く視点も多様なので、日頃から比較する意識があり、結論がでやすい。広域合併自治体の成果は住民意識の共有化、すなわち出身地に拘泥しないことにもありそうだ。

2017. 9. 4

生き甲斐

家内と長女は毎日メールのやり取りをしているようだ。昨朝もメールが着信、慌てて携帯電話で話していた。

長女は41歳で男の子を出産し、1歳半になった。不妊治療の末生まれ元気で育っているが、元気すぎるのか時々転んだりして傷をつけるのでひと時も目が離せない。市内のアパートに住み、車で5分の距離にいるので、何かにつけてアドバイスやら孫の預かりに行き来している。

用件は、孫の顔が少し赤くなり、ぐったりしているので心配だという。こちらの朝食の準備もそこそこに、病院に連れて行くといって出て行った。日曜日は小児科のかかりつけ医院が休診。休日医で初めての医院なので、少し不安げな娘と孫と一緒に行った。ウイルス性胃腸炎だった。

幼児を育てるのは大変だと改めて思うが、子育てに専念している頃が人生の中で一番充実している時代だろうと、自分を振り返って思う。

朝から慌ただしく孫を心配して出かける家内を見ていると、心配そうにも見えるが、自分の存在が役に立っているとでもいうように、何か張り切っているようにも見える。生き甲斐もいろいろだ。

2017. 9. 6

北朝鮮の目的

北朝鮮はミサイルを改良してアメリカ本土まで飛ばし、核爆弾を小型化してミサイルに搭載することに専念している。3日に水爆実験を行い、成功したと朝鮮中央テレビで報じた。アメリカは韓国の犠牲を考慮して攻撃できないと踏んでいる。

北朝鮮は金日成時代から朝鮮半島の統一が最終目的であり、政敵や体制に反抗的な国民を強制収容所に投獄したり処刑したりしてきた歴史があり、体制の締め付けを緩めることができない。体制崩壊は即ち金正恩一族への報復が始まることを意味する。何が何でも体制維持が重要だ。

核・ミサイルはアメリカを始めとする自由陣営の政治圧力に対する最高で最終的な武器だから、今後も絶対に放棄はしない。強制力で国民を統制している国は決して民主化をしない。国内で永年にわたり弾圧して抹殺してきた自国民は数知れず。体制の民主化は、旧悪が暴かれ反体制派により過去の責任追及が熾烈になることが分かっている。

韓国では大統領が辞任後に逮捕されることが多い。大統領の権力と国民感情の変化を北朝鮮は見ている。民主主義の劣化は混迷を深めるばかりだ。

2017. 9. 7

江戸時代の町づくり

城下町とか門前町、宿場町などは中学生時代に社会科で習った。江戸時代の町づくりが何を目的にしてできてきたかを知ると、現代以上に町の役割を考えてつくられてきたことが良く分かる。城下町はお城を中心に武家屋敷、職人町、町人町、寺社などが配置され、生活と防御を両立している。門前町は中心になるのが神社や仏閣で、その参道に沿って町が形成されてきた。同じ門前町でもお寺やお社の性格や宗派の違いにより町の個性も変わり、特徴が出てくる。宿場町は文字通り宿屋街で、昔の徒歩による移動では一定の距離に宿場が必要になる。

今の町づくりには中心となる存在がない。求心力のない町が広がっているだけの殺風景な町になりがちだ。町に中心になる存在がないと集積効果がなくなり、町への愛着もわかない。住宅街にスーパーマーケット、コンビニなどのショッピングとパチンコ店だけでは魅力的な街並みは形成されない。

町は大小にかかわらず、その象徴的な中心が必要だ。江戸時代の町は求心力の知恵があり、目的がはっきりしているので魅力的だ。学ぶべき事柄は多い。

2017. 9. 9
男と女

女性国会議員の「一線は越えていません」や「男女の関係はありません」というような記者会見を聞くと、なぜ聞かれもしない個人的なことを言うのかと本当に疑問に思う。世の中には男と女しかいないので、何が起こっても不思議ではないとは、石原慎太郎元東京都知事の昔のセリフだ。人前でいちいち弁解するようなことではない。自民党も民進党も魔の2回生とも言うべき国会議員の小児化というか、議員としての矜持のなさがはなはだしい。攻めには強いが受けにまわるとまるで弱い。政治家は非常時こそ出番だ。プライバシーの問題を記者に聞かれたとしても答える必要はないだろう。相手がいる。「我々も商売ですから」と以前コメントしていた週刊文春がまた国会議員のスキャンダルを報じたが、昔は女性週刊誌の専売特許だったものだ。

恋愛は個人的なもので、当人同士にしか分からない。他人の恋路を邪魔する奴は馬に蹴られて死んじまえ、とは都々逸の文句だ。ＮＨＫではラブホテルが多い地域では女性が活発、などの番組があったたし、日経文化欄でも恋愛新聞小説が始まった。

2017. 9. 11
「金」と奇貨

金正恩氏は日本にとって「奇貨」になるか。日米安全保障条約があり、日本は自衛隊という名の軽武装で、戦後は専守防衛に徹してきた。米国第一、経済取引優先のトランプ大統領は同盟国といえども他国の防衛にお金を使いたくない。隣国の現状は日本の防衛に不安をもたらしている。この際、自国の国防を強化しようという誘惑はありそうだ。防衛省の予算は増え続けている。安倍政権でなくとも安全保障環境は現状のままで良いとは誰も思わないだろう。

20世紀にできた共産主義は人類の幸福に役に立ったかと問われれば、ノーと言うべきだろう。暴力革命で誕生したソビエト社会主義共和国連邦は主導権争いの思想闘争が絶えず、実権を握ったら独裁となり、投獄、抹殺された国民はその数さえはっきりしない。憎みあって政争を繰り返してきた。

自国民を経済政策の失敗で餓死させた数も中国で2000万人、北朝鮮で500万人ともいわれている。桁違いだ。反省なき政治からは何も変われない。隣国に共産国のある限り、日本の防衛費増加も終われない。「奇貨居くべし」になれば悲しい現実だ。

2017.9.12
軍縮会議

歴史を考えると敵対勢力がはっきりしていた帝国主義の時代には、軍事力のバランスをとるために、国際的に軍事力削減交渉を行い、主要国の軍事力を軍縮会議で決定してきた。大正10（1921）年のワシントン軍縮会議を皮切りに、その後昭和10（1935）年まで4度の軍縮会議を開いた。日本の主力艦数は米英の6割に抑えられていた。

軍事力が国力を表す時代は、表では平和を唱えながら裏では軍拡をしている現代世界と比べると、互いに信頼関係を築こうと軍事力が持つ不安定さを意識していた時代だった気もする。

世界を巻き込んだ2度の世界大戦で、世界は戦争の悲劇を体験して平和主義が定着してきたようだが、平和面の一方で自国の利益ばかりの主張が目立ち、相手国との均衡を図るという政治交渉がない世界になってきている。

現在でも、機関としてのジュネーブ軍縮会議はあるが機能していない。南シナ海の西沙諸島や南沙諸島の中国の軍事基地化はまるで白昼堂々の軍事行動だ。戦争を嫌い平和を唱えていても何も解決しない。軍国主義時代は軍事力がモノをいうからこそ、軍縮会議が逆に活発だったのだろう。

2017.9.14

移住者人気

熊本県は移住先として人気があり、その成果が出ている最中に、昨年4月、熊本地震が発生した。特に人気があった西原村と南阿蘇村に大きな地震被害が出たのはなんとも残念だった。しかし、熊本県はそれでも移住者には人気があるという。

今では天草地方にも関東方面からの移住者が増えている実績があるようだ。

先日、群馬県より最近移住してきたご婦人と話す機会があったが、天草は移住者には人気の地であり、今後ますます増えるのではないかとの嬉しい話を聞いた。実は最近採用した従業員だ。ご主人は別の仕事をしているのだが、収入の多少よりも、地域住民は気持ちの優しい人たちが多いので住みやすいとの実感が一番らしい。私は田舎は刺激も少ないし面白くないのではと問いかけたのだが、逆に天草は刺激的だという。

自然には恵まれてはいるが、その自然がうまく生かされていないのも実態である。天草西海岸ではスキューバダイビングも人気が出てきている。人工護岸やコンクリート消波ブロックを撤去して、自然海岸を再生した天草になると、もっと人気が高くなるだろう。

2017. 9. 16

タブロイド判

現在まで変わらず、不思議だなと思うことの一つは、新聞紙のサイズと記事の縦書きが変わらないこと。

今の新聞紙のサイズはデスクに広げるには場所を取りすぎるし、見開きのページは片手では持てない。新聞サイズはタブロイド判に変えてはどうだろうか。今の紙面の半分のサイズだ。タブロイド判も輪転印刷機のペーパーサイズの問題があるので、すぐという訳には行かないだろうが、熊本日日新聞の別冊「あれんじ」は既にタブロイド判である。

それに縦書きの新聞編集が変わらない。見出しは縦書きと横書きが混在しているが、広告の欄では圧倒的に横書きが多くなっている。そろそろ横書きの新聞ができても良いのではないか。横書きの新聞は、原稿をパソコンで書くのであれば、横書きの方が編集しやすいだろうし、何より英文アドレス等を違和感なく記事に挿入できる。ＩＴ機器は横書きだし、業務文書も横書きになってしまった。

スマホ時代の新聞離れを防ぐには、コンパクト化とビジュアル化も重要だろう。タブロイド判は大衆紙のイメージが強いが、ペーパーレス化が進む中で新聞の進化はあるのだろうか。

2017. 9. 17

ジョージ・ワシントンの警告

アメリカ合衆国初代大統領ジョージ・ワシントンは「アメリカ合衆国の人民に宛ててジョージ・ワシントンのアメリカ合衆国大統領辞任にあたって挨拶」で、その多くを外交および合衆国と外国との間の恒久的同盟の危険性について警告している。ワシントンの辞任挨拶は歴代大統領の心に刻まれている。

革命後のフランスより贈られた自由の女神像も、日本の真珠湾攻撃で参戦した太平洋戦争も、米ソ冷戦もベトナム戦争もアフガニスタン、イラク他の中東紛争への介入も、アメリカ本来の姿ではなかった。

アメリカの出発点は他国の栄誉や紛争に巻き込まれないことである。今、アメリカは世界の警察官を辞めると公言している。

初代大統領の警告はトランプ大統領も承知している。アメリカファースト、ビジネス優先の経済取引、他国の紛争に巻き込まれないなど内向きのモンロー主義は、アメリカの成り立ちへの回帰現象だ。NATOも日米安保条約もアメリカの恒久同盟とはならない。中国が経済力をつけ覇権を隠さず、北朝鮮は核やミサイル実験をやめない。日本は本腰で自立自存を模索する時だ。

2017. 9. 18

世界の共生

戦後生まれの世代は、平和が当たり前の中で育った。戦争があった時代を想像できない。戦争はどこかよそで起こるもの、あるいは過去のものに思えていた。

大戦後の平和教育と日本国憲法、日米同盟のもとで70年以上も平和が続いたので、多くの日本人には戦争の知識もないだろう。戦後、自由民主主義となった日本は、言論の自由を保障されてきたが、戦前の軍国主義時代のトラウマで軍隊や国防をタブー視してきた。今や北朝鮮は核とミサイル開発でアメリカと一触即発だ。ミサイル発射を受けて、Ｊアラートが鳴り響いたと国内は騒々しいが、戦時の空襲警報と違って避難する防空壕はない。

民族・宗教・イデオロギーなどによってつくられてきた国家は歴史と文化の違いを生み、今日になっても紛争の種は尽きない。言語・生活・信条の違いなど異文化を超えて人類共通の文明をつくる努力を続けなければならない。

人間関係もそうだが、何事も腹蔵なく話ができる国際関係をつくることが一番の手始めだろう。世界が共生するためには、食糧、環境、エネルギー、人口問題等を含め課題満載だが。

2017. 9. 20

国土強靭化

「国土強靭化」という言葉をあまり聞かなくなった。昨年の熊本地震は記憶にも新しいし、集中豪雨等で各地に洪水被害が多発している日本列島では長期的な取り組みで国土の強靭化を推進していかなければならない。自然災害だけでなく、東アジアの政治情勢の動向に対しても日本は無策ではいられないはずだ。

日本と体制が違い、核やミサイルの開発をやめず、独裁体制の維持が最重要課題で、自国民の民主化や言論の自由など、世界の常識ともいえる人権を認めない隣国が複数もある環境は、21世紀になっても改善する気配さえもない。今後も軍事圧力は続く。

Jアラートが鳴ってもどこに避難するのか。地下室やシェルターを造るなど自衛策がいる。

地震対策は建築物の耐震化や電線の地中化等を進めインフラを強化する。豪雨被害防止には住宅地や集落の立地制限、河川改修や森林保全、貯水池の造成などがあろう。これからも自然災害が起こり、戦争危機が続くことが予想される。非常時の避難や食糧、生活用品の備蓄を始め、危機の時の対応訓練もいる。「備えあれば憂いなし」とは平時の心掛けだ。

2017. 9. 21

衆院解散報道

衆院解散報道を受けて、日経平均株価が大幅に上昇し、2万円の大台を回復した。世論調査で安倍政権の支持率が回復基調にあるところに、突如衆院の解散総選挙が浮上し、政権の安定化と長期化を市場が好感した結果だという。与党の議席確保が予想されているのだろう。衆議院解散総選挙はタイミングよく報道されたことになる。

国連では初めてトランプ大統領が演説して北朝鮮問題を取り上げ、その中で日本人拉致問題にも言及した。拉致家族も突然のトランプ大統領の演説に好感していた。また、新聞報道では、地価上昇が地方にも広がりつつあると伝えているし、訪日外国人旅行客が2000万人を最速で突破した。いろいろな方面で良い情報があるようだ。

25日に発表されることになっている衆院解散総選挙の決断は安倍政権の追い風になるのは間違いない。海外情勢を考えても政権交代はあり得ない。

長期安定政権下で日本の隘路を開くために、憲法改正をして、東アジア情勢に備える時期だろう。野党の弱体化は残念だが、今のままでは政党ですらなく、野党混迷の時代は続く。時代遅れだ。

2017. 9. 22

移住者の感想

「関東圏では『天草』の名前だけで、透明度の高い大海原と素晴らしい自然に恵まれたリゾート地のイメージが強くある。ところが地元の人には都会の人たちがそのように思っているという認識や自覚が薄く、折角の来島者に対して目を向ける慣習も興味もないように感じる。市民に来島者目線を意識させ、その自覚を育てる土壌づくりが必要だろう。観光客はキリシタン館やイルカウォッチングだけが観光だとは思っていない。人情に触れながら、非日常的な体験をする、そのための仕掛けづくりを沢山増やして、天草がもっと宝島になっていけたら良いと思う。高齢化が進み、変化を好まない老人には、仲良しばかりのこの地域は満足のできる生活環境なんだと思う。行政も病院も福祉関連業者もほとんどがシルバーマーケットシフトであるから、老人にはパラダイスだ。だからといってこのままでは、向上心の高い若者たちはこの地を捨てて島外に流出するばかりだ。私も危機意識が強くなってきた」

昨年2月に埼玉県より本渡に移住した60代夫婦のこれまでの感想だ。

2017. 9. 24

過重労働問題

鬼十則で有名な広告業界最大手の電通に東京簡裁が罰金50万円の求刑をした。求刑が軽い理由は何か。２年前の新入女子社員の自殺は、また長時間労働の企業風土をあぶりだした。電通では26年前にも社員の自殺があったが、改善は徹底していなかった。

クリエイトをする仕事は基本的に自由労働で労働時間を管理できるが、納期に追われる。女子社員は退社する選択肢はなかったのか。入社後半年の試用期間で相性を判断できる。狂った常識と言われるくらい、会社に泊まり込むのも珍しくないほどの仕事量が普通の業界だ。母親の期待も重荷というか遠因になったのではないか。離婚した母親は女手一つで娘を育て、娘も母親の期待に応えて、東京大学を卒業。一流企業に就職して母を楽にさせたいと電通に入社して、絵に描いたような親孝行娘となった。

入社半年後から大きな仕事を任せられ、一日20時間も会社にいた。

上司に相談もできず、母親を悲しませないために辞表も書けず。「お母さん自分を責めないでね。最高のお母さんだから」とは切ないメールだ。相談する人はいなかったのか。

2017. 9. 25

働き方改革

大義なき解散と反発もあるが、機をみて解散するのは首相の専権事項とも言われる。総選挙の争点の一つは「働き方改革」になるらしい。電通事件に象徴される長時間労働による過重労働は日本特有とも言える宿痾だろう。

博報堂に出向している息子に聞くと、業界の実情は大差ないという。仕事は次々に舞い込むし、他者に任せることもできない属人性の高い業務なので、指名に応えていると会社に泊まり込みも珍しくないらしい。人材不足、労働力不足もますます進む。しかも日本の労働生産性は先進国では最低レベルだ。労働生産性をあげるには個人の能力向上とＩＴ化が欠かせない。機械化ができず、人手に頼らざるを得ない業種も多いが、日本人は創意工夫が得意な民族だ。改善改良は製品だけでなく、働き方にも手をつけなければならない。日本人の仕事好きは知られているし、日本人の自己主張のなさも改革を遅らせる。

昔は個人事業主が多く長時間労働は当たり前だった。働き方は住宅政策や通勤地獄の解消、住宅街や街路景観の整備を含め、生活環境の改善から検討すべきだろう。

2017. 9. 26

北朝鮮とイラン

北朝鮮に負けじとイランも新型弾道ミサイル「ホラムシャハル」の実験に成功したと発表した。飛距離は2000キロ。ロウハニ大統領は今後も防衛力と軍事力の増強に力を入れると強調している。トランプ大統領のいう、ならず者国家が足並みを揃えている。北朝鮮に比べてイランは遠い国だから、日本は脅威をあまり感じないのは面白い感覚だ。

北朝鮮のミサイル開発や実験は、イラン始め軍事国家へのミサイルの性能展示を兼ねているので、北朝鮮の取引商談でもある。北朝鮮への兵糧攻めの様相が強まってきたが、反米同士でミサイルや武器の売買が活発化して、共同戦線を張っている。片やイデオロギー、片やイスラム国家である北朝鮮、イランは自由、民主、特に人権のいわゆる西洋的価値観を共有せず、内向きの孤立した統治のもと国民の一体一色化で自国第一主義を進めている。

今では自国ファーストが大国アメリカでもトランプ大統領の登場で公然と唱えられている。欧州主要国では極右政党の台頭が著しい。民主主義の停滞が続き、民主国の閉塞状態を横目に独裁国が力を誇示する。

2017. 9. 27

政党か人物か

国政は選挙を通じて選ばれる国会議員という政治家を通じて行われる。議院内閣制の日本は政党の議員数で政治が左右される。首相と議会の力関係をつくり直すのが議会解散。首相は政治判断に悔いがあってはならない。首相の伝家の宝刀といわれる衆議院解散権を行使できない首相もいた。悔いが残るだろう。解散には賛否がある。政治決断すると批判は必ずあるのが民主主義の宿命だから、ぶれないで進めることだ。いずれにしても選挙で結果が出る。負けたら下野しなければならないのだから覚悟の解散だ。

現在の小選挙区制は選挙区で一人の議員しか当選できない。熊本県では野党共闘のため、候補者の一本化が進行しているようだ。与党対野党の一騎討ちに持ち込むらしいが、野党も民進党、社民党、共産党など間口は広い。当選だけが目的の政治家では、仮に当選しても、その後は混迷して政権を担えるとはとても思えない。保身に走る議員になるだけだろう。

小池都知事が希望の党を結成したが、新党は失望の歴史が続いている。日本の政党は大丈夫か。政党を選ぶか、人物を選ぶか。

2017. 9. 28

地方振興政策

小池都知事が党首の新党、希望の党は都市型政党の様相だが、地方振興の政策も望みたい。地方の生活は、大きなハンデを感じることが多い。交通が不便、仕事の職種が少ないなど。国土の均衡ある発展を本気で望むなら、今までとは異なる大胆な政策提言がいる。

第一に、国会議員は人口に面積を考慮して議員定数を決める。現在の人口比の議席配分では人口の多い都市部に議席が偏り、地方は選挙区が広域になり地域問題の解決が遅れる。それを防ぐには、地方に一定の議員数を割り当てて地域政策に取り組む。

第二に、地方の住民税や市民県民税、固定資産税等の税率を低くする。そのことで地方住民の負担を減らす。

第三は、都市部と同じように社会インフラ、例えば高速道路、公共下水道、電線地中化、光回線の設備投資を行う。経済効率が悪いなどの理由で投資をやめない。

以上の政策で地方の人口、交流人口、移住者の増加を図る。地方へ人口移動を進め、都市部の過密化を解消する。どこに住んでも不自由なく暮らせる国土をつくる。田舎こそが日本、と自慢できるのが地方創生だろう。

2017. 9. 30
新4区

衆議院選挙区の熊本4区と5区が合区した新4区は、熊本県の南半分を占める広い選挙区になった。それだけ人口が少なく、過疎地が多いということになる。広い選挙区で議員が一人というのは、政治家にとって負担が多いのではないか。

昨年の参院選の一票の格差訴訟で、最高裁大法廷は合憲との判決をした。長年5倍以上の格差であったものが、合区の結果、約3倍に縮小したのを評価した判決だった。当然だが人口は変化するので、一票の格差は変動する。一票の価値を平等にするためには、選挙区の範囲を毎回変更しなければならなくなる。

一票の格差も法的には重要だが、地域の格差は生活者にとってもっと重大である。日本国憲法の規定にない事柄については、憲法改正で臨むことが本筋だろう。その際は、人口比だけでなく選挙区割りも考慮して、人口の少ない地方が不利益を被らない理念を示すことも重要になる。一般的には県や市町村単位で議席配分することが分かりやすい。

参議院を廃止し一院制にして、衆議院議員の定数を増やす方法もある。小選挙区制のあり方も含めて議論がいる。

2017. 10. 2
制度疲労

今次の衆院選挙は、ますます劇場型になってきた。総選挙を見世物に例えるのは非難されるだろうが、それだけポピュリズムが高まった証拠でもある。政治は国民のレベルでしかあり得ない。今回の衆院解散は憲法7条によるもので、首相の専権事項とされる。総選挙は政権を争う選挙であり、小選挙区制は選挙区では一人しか当選できないので、政党の存在が大きくなる。日本の政治体制は制度疲労ではないか。憲法改正をして、議会制度の見直しが必要だろう。

衆議院議員任期は4年だが、平均して3年未満で解散。定員は小選挙区が289人、比例代表が176人、計465人。参議院議員任期は6年で、半数を3年毎に改選。定員は小選挙区が146人、比例代表が96人、計242人。合計707人の国会議員がいる。

国政の見直し項目は多い。特に人口比による選挙区割りのあり方を是正する。首相の解散権の制限、議員定数、2院制を1院制、任期を5年、政党公認と無所属の選挙運動格差を解消、小選挙区制を中選挙区制、比例復活制度の廃止、一定の資格者は選挙運動に金のかからない制度などが対象となる。

2017. 10. 3
ぶれない意志で出馬を

突然の解散、総選挙になった。今度も大物政治家の引退がある。健康面での引退は仕方がないが、やはり年齢が一番の引き金になっているのではないか。後継者が決まっている場合が多いが、世代交代はどの世界でも行われる。

熊本県では高齢の年代での立候補もある。年齢が問題ではないが、何か思い残すことがあるのだろうか。若手を育てていないのか、または後継者が見つからないのか。ご本人に問題があるとは思わないが、熊本の保守性が目立っているようだ。

熊本2区は4人が立候補予定で選択肢は増えた。他の選挙区も選択肢を増やしてもらいたい。政党は候補者を絞ることが当選の手段だろうが、人物を選ぶ選択肢もあるべきだ。立候補は自由に選択されるべきだし、政治家を目指す人はチャレンジ精神と不屈の意志、ぶれない強い気持ちを持って立候補しよう。無所属でもいいではないか。

魔の2回生といわれ、問題を起こした議員たちは難関大学の卒業生だが、世間の常識に欠けている。風に乗って楽に当選してきたことも一因ではないか。政治家も苦労してこそ磨かれる。

2017. 10. 4
民進党

民進党がまるごと希望の党へくら替えする、との決定には驚いた人が多かったのではないか。前原代表は党両院議員総会で、どんな手段をとっても安倍政権を倒して政権交代をすると、希望の党への移籍を決定した。その席で異論は出なかったという。全員一緒に小池代表のもとで選挙戦を戦うつもりだったようだ。政権を取るのが目的で、手段を選ばないとは過激過ぎると危惧したが、不安は当たった。

ここにきて、希望の党が民進党議員を選別。安全保障政策が一致しない議員を排除すると宣告した途端、民進党は3分裂してしまった。民進党は政策がまとまらず、議員がバラバラな印象があった。

希望の党の選別は当然といえば当然で、民進党議員は単に選挙戦が有利になるとの思惑で希望の党にすり寄ったとしか思えない。

今の体たらくは、政党の体を成していなかったことの証左だろう。民進党は今まで何をしてきたのか。議員でいることが目的だっただけの政党といわれても仕方がない。政権交代を唱えながら、政権を担える政党とは思えず、民主党の失敗から民進党は何を学んだのか。

2017.10.5

日本の将来図

相変わらずの非難合戦の選挙戦になってきた。自民党は野党の数合わせ、政策のなさを非難する。新党は安倍政権交代を叫んでいるが政権構想は聞かない。本来、政治は妥協によって、政策の実現を図り、国家を安寧に導くことが目的であるはず。企業と政治を一緒にしてはいけないと思うが、企業が内部抗争をしていたら倒産は間違いない。一致団結して競争に負けないように努力するものだ。政治の世界のごとく、批判や攻撃をするばかりでは、成果は出ないだろうし、国民から見放されるのではないか。異論があっても、国内をまとめる努力がいる。

特に安倍首相は政敵批判を封印して、政策や国際情勢、外交成果を語って欲しい。今後の日本をどう導くのか。日本の将来図を描き、国民が安心して暮らせる国にするには、国民にどうしてもらいたいのか。首相としての信念を披瀝して、森友・加計問題で国民には公私混同したように見える不信感を払拭しなければ、たとえ過半数を取ったとしても、国民の信頼感は戻らないだろう。大目標である憲法改正も夢のまた夢で終わり、振り出しに戻る。

2017. 10. 6
道州制 ②

希望の党の公約で、久し振りに「道州制」の文字を見た。地方分権を進めるために、市町村合併が推進されて、地方自治体は3分の1以下になった。合併したものの、意図した成果が出ていない自治体が多いどころか衰退に拍車がかかってきている。理由はいろいろあるだろう。時代の変化の速さに行政能力がついていけない。

しかし、地方分権の方向性は間違っていない。人口の集中する首都圏では経済原理が働き、資本の論理で社会が変わる。地方は政策や法律で誘導しないと前には行かない。組織が大きくなればなるほど、運営には能力のある人材を必要とする。地方自治体が合併しても、組織や職員が機能しなければ、行政が進展することもない。首長がどんなに旗を振っても職員が動くとは限らない。

退職したある国家公務員がいみじくも言った言葉が「面従腹背」だ。公務員の本音という。すべての公務員がそうだとは思いたくないが、倒産もない首にもならない職場では、あり得るだろう。

州政府に財源や権限を移譲して決定を早め、地域の魅力や個性を出す国づくりを競ってもらいたい。

2017. 10. 7

受動喫煙防止

国に先がけ5日、「子どもを受動喫煙から守る条例」が東京都議会で可決、成立した。施行は来年4月。子どもがいる家庭内などで禁煙を求める。18歳未満の児童を「子ども」とし、私的空間の喫煙を規定する条例は全国で初めて。令和2（2020）年の東京オリンピック・パラリンピックに向けて東京の受動喫煙防止策は2段階で行われる。今回とは別に、施設や飲食店など屋内を原則禁煙とする条例を制定する方針で、来年の都議会に提出する見通しという。条例に違反した喫煙者や施設管理者には勧告や命令をし、さらに違反した場合は5万円の過料を科す。

国際オリンピック委員会はたばこのないオリンピックを推進しており、近年のオリンピック開催国では罰則付きの法律や条例を制定する流れが定着してきている。国も受動喫煙防止に向けた法改正を目指しているが、たばこ産業や飲食店業界では規制強化には慎重論が根強く、改正案の国会提出までに至っていない。

労働者の健康被害防止対策なので、厚生労働省の受動喫煙防止対策助成金制度がある。喫煙室設置をする施設には上限200万円、2分の1の助成率だ。

2017.10.8

政治家の言葉

なぜだろう、なぜだろう、なぜだろう……。日本の政治、政党、選挙に対して疑問が消えない。有権者に分かり、聞きやすく、心に響く政治家の言葉を聞きたい。今の政治家が政策を練り上げ、将来ビジョンを考えている風はない。

議会は事前通告の上、形通りのやり取りに終始して形骸化している。政党には国民目線はなく、自党の利益優先で内向きの姿勢を変えない。国政選挙といえば、与党対野党の相互非難に明け暮れていて、安倍政権打倒のワンパターンだ。安倍政権の後にどんな政治をしたいのか分からない。

安倍政権は世界のレベルでは長期政権でもないし、外交成果は上がり、日本の存在感を発揮している。野党の言うような問題があるようには思えない。政治家はもっと外国の法律、政策を勉強して、日本の実情を反省して対策を練らねばならないだろう。

政権批判をする自由は民主主義国にとっては権利だろうが、一方では日本に好意的でない独裁国にとっては好都合だろう。国論の分断が続けば国力の衰退を招く、という意見は反動的だろうか。

日本は後れをとるばかりだ。

2017. 10. 9

超近未来都市

カザフスタン。日本にはほとんど知られていない国。首都は、日本人の黒川紀章氏が設計コンペで優勝したプランに基づき今も開発中の、超近未来都市アスタナである。世界で最も寒い首都アスタナは、中東の未来都市ドバイと東南アジアの優等生シンガポールが目標だ。発展途上国と思われていた国の発展は、日本にとっても刺激的ではないだろうか。

日本の首都東京といえども都市計画が魅力的だとは思えない。やっと電線の地中化が始まったばかりだし、景観行政は後れをとっている。都市景観の最優等生、花の都パリは街並みを改造統一して、どこをとっても絵になる風景を保つ政策をしている。京都の景観はどうだろうか。千年の歴史を誇る京都は中途半端な高さのビルが混在していて、古都の保存が徹底されていない。

日本は先進的で機械化が進み未来都市が多いと思われているらしいが、実際は後進性が丸出し。東京の高層ビル街といえども中国の高層建築物に比べると圧倒的に数も少ない上にデザインも陳腐な箱型のビルばかりで、中国人観光客は驚かない。日本でも夢のある未来都市ができないものか。

2017. 10. 10
百年計画

企業の経営計画は金融機関へ5年間の事業計画の提出を求められる。

政治の世界はどうか。目先の政争に明け暮れて政権が安定しない。中国は5年単位の政治政策を実行している。中国の民主化が進まないのは日本を反面教師にしているからという。日本の民主主義政治制度を冷ややかに見ている。

衆院議員選挙が始まったが、政党や候補者の政権打倒などの連呼を聞くと、国民の生活や国の運営に責任を感じているのだろうかと疑問に思う。政府は少なくとも5年計画は立てるべきだろう。年度毎の検証をしながら結果を出していく。日本の政治に欠けているものは何だろうか。それは政治家の任期が短く、予算が年度毎に決められているので、長期の政策や投資が決まらないことにもある。

人口減少、高齢化が進み社会福祉に金がいる。日本の現状は行きづまっており、そろそろ現在の日本国民は昔を思い出してみんなで我慢して、無駄遣いをやめる。

100年計画を立て、国土の再建を図る良い機会ではないか。

分かりやすく言えばコンパクトな都市につくり直す。現在の日本には未来に夢のある絵がない。

2017.10.11

トモダチ作戦

平成23（2011）年3月11日から6年7カ月。福島原発事故の収束は未だにいつになるか分からない。「トモダチ作戦」といわれる米軍、特に米韓合同軍事演習のために太平洋を航行中の米空母ロナルド・レーガンは進路を変更して、東日本大震災の2日後に仙台沖に到着し、支援物資の運搬や救出捜索活動を始めた。そして多くの乗組員が被曝した。被曝した乗船員は現在、東京電力などに補償を求めて提訴している。

当時のロナルド・レーガンの艦長は東日本大震災の情報を得て、艦船部隊の司令官に連絡、本国の正式命令がないまま独断専行で福島沖に向かい支援活動を行った。福島原発の半径80キロ圏内にいる米国人に、在日米国大使館が避難勧告を出した時には既に放射能に汚染されていた。米軍は身をていして救援活動をしたのだ。そして、臨機応変の行動が取り返しのつかない悲劇になってしまった。日本ではあまり知られていない事実である。

小泉元首相は原子力発電に反対している。総理大臣の時には原発推進の立場だったが福島原発事故後に反原発に変わった。不勉強だったという。

2017. 10. 12
選挙の投票

何とも緊張感のない選挙戦になったものだ。熊本4区は旧4区、5区の合区になったが、旧4区出身の前職候補が比例九州ブロックの党単独1位に名簿登載されて、はやばやと当選確実になった。合区になった全国6県の前職候補に党が配慮したのだろう。地元としては大変ありがたいが、実質、選挙が終わってしまった。既に連立与党の運動員は比例区は自党に投票するように依頼して回っているという。

今回の衆院選は安倍首相の突然の解散で始まった。そして、小池都知事の希望の党結党、それに伴う前原民進党代表による党解散と希望の党への合流決定。かと思いきや、小池代表の選別で合流組と反発する立憲民主党に分裂して、目まぐるしく変化した。野党は保守系とリベラル系に分かれたので立場ははっきりしたが、議員の当選第一の心根が透けて見え、政治家としての矜持のなさが明らかになり、失望感もある。

熊本県では野党の一本化が進み、与党対野党の一騎討ちに変わりはないが、何か腑に落ちない。政党が候補者を選定するのは非民主的手法だ。国民の投票で結論を出すのが筋ではないか。

2017. 10. 13
世論調査

今月10日、自宅に総選挙の世論調査の電話がかかってきた。女性の合成音声での質問に番号を押して答える方式である。

投票には行くか、熊本4区は誰に投票するか、比例区はどの党か、支持政党はどの党か等の選択だ。投票には必ず行く、4区は未定、比例区と支持政党は与党と答えた。

12日の熊日一面は、早くも「自公300議席超うかがう」との見出しで、世論調査の結果を報じている。さもありなん。

安倍首相の電撃的な解散は「大義なき解散」とマスコミで非難され、野党は総攻撃して安倍一強体制を批判してきたが、その後の希望の党や立憲民主党の結党ラッシュで、有権者は既視感にとらわれたのではないか。またかと。25年くらい前から日本新党を始め、政党は離合集散を繰り返してきて、寄り合い政権ができたが、安定せずに沈没した。

以前の民主党への政権交代時も自民党の不祥事が続き、自民党にお灸をすえるために一度民主党に任せてみるか、という敵失に伴う政権獲得だった。民主党に期待しない認識は国民に多かった。案の定、3年で行き詰まった。政権は国家を運営する経営能力がいる。

2017. 10. 14
マニュアル

コンビニなどでカードや釣り銭を返す際に、店員さんは手渡しをする。こちらは財布や物を持っているので両手がふさがっている。

先日も、大手本屋と大手コンビニで、同じ接客動作に出会った。店員さんに、カードをカウンターに置くように依頼して、なぜ手渡しをするのかと聞いてみた。「手渡しを指導されています」と丁寧に答えてくれた。私は「臨機応変にした方がいいよ」と言ってはみたものの、店員さんに落ち度はなく、本部のマニュアル通りの接客をしている店員さんには申し訳なかった。買い物を終えた後、感心するやら疑問に思うやらしばらく考えた。

日本の接客態度が懇切丁寧なのは世界が評価している。おもてなしにもつながっているのだろう。ただ、何か店の行為が中心で、顧客の状況に配慮がされているのだろうかとも思った。どこのコンビニにもトレイは置いていない。手渡しが徹底されているのである。丁寧丁重なのは良いとしても、フレンドリーな臨機応変さも必要だと思うがいかがだろうか。すべてはマニュアル通りの接客接遇が日本全国のお店を席巻している。顧客もマニュアル慣れして、型どおりの接客以外認めないような現代日本の風潮になった気もする。

2017. 10. 15
金融機関

日経平均株価が21年振りに21000円台を回復した。衆院選の序盤で与党が優勢と報じられたことも追い風になっているらしい。

しかし、このところ大企業の不正が立て続けに報じられている。神戸製鋼所のデータ改ざんは多くの製品で行われていて、出荷先が広がっている。また、政府系の商工組合中央金庫の国の危機対応融資制度を悪用した不正融資も、全店で行われていた疑いが濃くなっている。倒産したり回収できない場合は、税金で補てんし、低利の貸し出しが可能な融資制度を本来は対象外の企業にまで適用していたことが発覚。企業の書類を改ざんして、リスクがない制度融資に走っていた。金融機関は資金回収に不安がないと融資決定は早い。

私の経営する会社は開業時に商工中金の融資を受けた。バブル崩壊後に借入金の返済条件変更をお願いしたら、当時の融資課長に、条件変更すると今後の取引に支障を来すので他行への借り換えを勧められ、地銀を紹介するとまで言われた。結局、取引先の地元の信用金庫に借り換えた。リスクを取らない金融機関の判断力と断行力のなさが不正を生む。

2017.10.16

ローマ人への手紙 ― 5章1の5

「艱難《かんなん》を誇りとして、艱難は忍耐を生み、忍耐は練達を生み、練達が希望を生みだす。この希望は失望に終わることはない」(ローマ人への手紙5章1-5)。新約聖書の好きな章節だ。

私はキリスト教徒ではないが、学生時代にこの言葉に出会った。現在でも心の中にあり、忘れない。艱難と言えるような艱難には、まだ出会ったことがないので忍耐強くもなく、ましてや練達の境地に達しようもなく、漠然と希望があるのみなので失望もまだ、といった人生である。

小池都知事の「希望の党」は、安倍首相の衆院解散後に電撃的に結党が発表されて全国的な好意の中で追い風に乗りそうな雰囲気があったが、いつか聞いたセリフ「排除の論理」を小池代表が口走り、たちまち逆風になった。政策によって党派が分かれるのは当然と言えば当然である。今まで民進党が左右の寄り合い所帯だったことが異常であったので、希望の党が政策で選別したのは政党としては当然のことだが、希望の党に寄せる期待はしぼんだ。

政治家も艱難あり、忍耐あり、練達に達せねば希望は生みだせないのだ。

2017.10.18
モクズガニ

下田温泉の友人が先日の昼食会に「モクズガニ」を持参してくれた。モクズガニはミソが味素だ。数年前にも同級生10人ほどで下田に押しかけ、モクズガニを食べたが、初めて食べた者も多かった。モクズガニは有名な「上海蟹」と同種という。中国ではシーズン解禁を待ちかねる旬の高級食材だ。

下田の友人は下津深江川淵の各所にカニカゴを仕掛けており、数百匹ものモクズガニをいけすに生かしている。天草の食材は新鮮で美味しいので評判が良い。海の幸、山の幸に加えて川の幸もある。川の幸は他にウナギもいる。天草には大きな川はないが、内陸部の上流から谷に沿って栄養豊富な山水が流れ、河口付近では海水が入り混じる。昭和30年代に主要な谷川に堰をつくり水力発電施設を建設したため、ウナギが激減した経緯がある。今の堰は魚道をつくる。

天草の宝はやはり自然。海岸や河川護岸を自然工法に変えて、海や川の生命を育む。自然を活かし、島外から人を呼び込み、活性化を図る以外に方策はないような気もする。参加型の旅行商品を開発して、天草の食材を楽しんでもらおう。

2017. 10. 19
拓心高校

立憲民主党の枝野代表は「日本はいつから19世紀、18世紀に戻ったのか。まさか21世紀に立憲主義を掲げなければならないことになるとは。こんな情けない事があるか」と選挙演説したそうだ。党名が理念を分かりやすくしたので、リベラル支持層の受け皿になっている。

名は体を表す。民主党から民進党へ党名変更の際にも、立憲民主党の名称は候補にあったという。台湾にも民主進歩党、略して民進党が存在している。

名称に関して言えば、天草の公立高校が統合されて、天草苓明高校や天草苓洋高校他が天草拓心高校に名称が変更された。苓明高や苓洋高の前身は、天草農業高校、天草水産高校である。農業や水産という高校名が不人気になり、普通高校のような名称になったが、定員割れが続き、再編統合を余儀なくされた。農業や水産の名称を存続させていれば、実業高校としての誇りと歴史が続いたと残念がる卒業生は多い。実習等の充実した専門の実業高校であれば、全国より入学希望があるのではないか。

立憲民主党の名称で感じたことだ。共産党も労働党に変えるという話も聞くが。

2017. 10. 20

富国強兵

中国は現在、共産党に支配されている国だという事実を忘れてはならない。

中国共産党の第19回党大会が18日に北京の人民大会堂で開幕。習近平共産党総書記は「社会主義現代化強国」の完成を目指すと、施政報告した。共産党の一党独裁の正当性は、世界一流の軍事大国になることで盤石になる。統制と軍事頼りから抜け出せない訳だ。経済成長を続けることが政権に対する国民の不満を顕在化させないための方法なので、すべての国民が豊かになる共同富裕を喧伝する。中国は「中華民族の偉大な復興という中国の夢」の実現のため「100年マラソン」中で、「中華強国による世界覇権」の目標年度を改めて表明した。中国共産党創建100年は2021年、中華人民共和国建国100年は2049年である。

西洋式の民主化をしない中国式の価値観とは如何なるものか。富国強兵で本当に国民を幸福にできるのか。朝貢をする国、中華思想を受け入れる国に勢力圏を広げる発想は、時代に逆行している。

中国や北朝鮮の現状は、残念だが戦前の日本と似ていなくもない。日本は手本になる民主国をつくる他ない。

2017. 10. 22
反面教師

今日、22日は第48回衆議院議員総選挙の日だ。折しも大型台風21号が接近、お天気は荒れ模様だが、投票率にどう影響するだろうか。雨天の投票率は一般的には下がる傾向にあるようだが、晴天の日曜日であれば、逆に行楽日になり投票率が下がることもあったそうなので、一概にお天気次第とも言えないようである。

何と言っても投票率を左右するのは候補者の魅力で政策選択になり、投票に駆り立てられる心情が一番だろう。既に期日前投票を済ませた有権者も多いと思う。

また18歳以上に投票権が行使されるので、10代、20代の若者の一票が多くなるのを期待している。民主主義の国民は投票行為で意思を明らかにする権利がある。日本は選挙のない国に、民主国として選挙の有用なことを知らしめる重要な役目もあるのだ。

隣の国は、日本は小泉内閣以降、一年毎に内閣が変わり、与野党政治の混迷ぶりを見て、日本を反面教師として、民主化が如何に国内を混乱させ、経済低迷を招くかと、民主化要求を抑えてきたのだ。日本は民主主義の優位性を示さねばならない。

2017. 10. 23

悲願の改憲を断行すべきだ

総選挙は事前の世論調査の通りの結果になった。自民、公明の与党が憲法改正の国会発議が可能な定数の3分の2を獲得した。希望、維新を入れると改憲勢力は衆院全体の約8割に及ぶ。これで新内閣は悲願の憲法改正を断行してもらいたい。

突然の解散には、大義がないなどの批判的な反応があったが、選挙結果は解散前の与党勢力を保持した。野党は民進党が希望の党と立憲民主党に分かれ、政策が分かりやすくなったことは評価すべきだろう。

激動する国際情勢、特に東アジアの現状にどう取り組むのか、次期政権の方針を見守りたい。中国は共産党大会中であり、今後5年間の政治経済計画が示される。北朝鮮もこのところミサイルの発射もなく静かだが、日本の選挙結果や中国共産党大会を見ているのだろう。来月はトランプ米大統領の訪日をはじめアジア歴訪があり、何かが動くかも知れない。

日本はそろそろ自立すべきだ。それには憲法を改正して、国防を他国に頼らずに自分の国は自分で守るという気概が重要になる。国民はまっとうな判断を下した。

2017. 10. 24

選挙制度への提案

選挙について提案。

一つ、期間内投票にして、開票は締め切り翌日に行う。公務員の残業をなくし、選挙費用を減らす。

二つ、低投票率は小選挙区制にも起因する。比例代表制もなくし、一県一選挙区にする。人口比で議員定数を決める。一票の格差も縮まる。

三つ、参議院は比例代表制とする。

小選挙区制では与党は党内で候補者の事前調整をする。大体前職が多くなる。野党もバラバラでは対抗できないので野党共闘など選挙対策をして候補者の一本化を行う。この時点で有権者にとって選択肢が限られてくる。この間の政党の言動を見ている有権者は何を思うか。政党で候補者を選定してしまえば、有権者の投票行動に結びつくか疑問だ。まるで独裁国における形だけの強制信任投票となんら変わらない。

選挙は立候補の自由と投票の権利と義務で成り立つ。投票をしたいと思う候補者や政党がなければ、節を曲げても選挙に行こうと思わない人が出てくるのも仕方がない。出たい人は出して政党による調整をなくし、公認や推薦にとどめる。候補者の選択は有権者に委ねるのが民主国の選挙のあり方だ。

2017.10.25

プロ野球16球団

大リーグのプレーオフである優勝決定シリーズは、ナショナル・リーグはドジャースがワールドシリーズ進出決定。アメリカン・リーグはアストロズがヤンキースを破り進出決定した。ドジャースのダルビッシュ有投手や前田健太投手とヤンキースの田中将大投手の対戦はかなわなかった。

日本プロ野球もクライマックスシリーズが終了。パ・リーグはリーグ戦3位の楽天が2位の西武に勝ち、ファイナル・ステージでは1位のソフトバンクが勝利して日本シリーズ進出を決めた。セ・リーグはリーグ戦3位のDeNAが2位の阪神を破り、ファイナル・ステージでも1位の広島を撃破。

日本プロ野球のクライマックスシリーズは、セ・パ両リーグの3位まで出場する。リーグ戦3位のチームがセ・リーグ覇者になった。DeNAの制覇は喜ばしいが、リーグ戦の意味が問われる。

プロ野球人気が落ちている現在、興行優先に映る。広岡達朗氏も『広岡イズム』（ワニ・プラス、2017年）で述べている。

大リーグは2リーグ各東中西地区30球団で構成。日本プロ野球はセ・パ8球団に増やし、東西南北4地区4球団に再編成したらどうか。

2017. 10. 26

団塊世代

団塊の世代は１９４７年から１９４９年に生まれた戦後のベビーブーマーで、平和日本の象徴だと言われて来た。作家の堺屋太一氏の命名で、完全に定着している名称の一つだろう。ひと塊になっている人口の突出している世代であるので、生まれた時から多くの問題が発生して来た。

小学校の時から教室が不足、急ぎ増設したプレハブ教室が当たり前で、ひとクラスあたり55人平均のすし詰め状態が高校まで続いた。同級生の数が一番多いのは今も変わらない。大学の進学率は20％程度であったが、競争率は高く、学生運動が燃え盛った時代を過ごした。

就職したらそこは猛烈社員の世界で、社員はいくらでも取り替えられるから、使い物にならない社員の居場所はないというのが先輩の言いぐさで、今でいうブラック企業だろう。しかしそんな職場は結構面白かった。高度経済成長真っ只中にあり、日本はこれから豊かになっていくのだという実感があった。毎年売り上げが倍増、新卒社員が大量入社してきて、先輩社員として後輩を指導した。

気がつくと古希前後となり、社会保障費の高騰の原因になった。

2017. 10. 27

安定政権

安倍一強といわれるが何が悪いのだろうか。一強でないと安定政権にはならない。安定政権でなければ成果も出ない。

お隣の国は共産党大会が終わったばかりだが、習近平主席の2期目5年が始まり、政治局常務委員の人選を見ても3期を目指すのは間違いないといわれている。長期政権で強国づくりを進める。

アメリカ大統領の任期は4年。2期8年は認められている。トランプ大統領は当然2期目を狙っている。まだ1年も経っていないのだが、政治家として完遂したい政策目標がある。

ドイツは女性首相メルケル氏が12年の長期政権を続けている。欧州連合の最優等国で経済は好調、労働時間や労働生産性などは世界で高い指標を誇っている。まだやめる気はなさそうだ。

日本の政権は小泉内閣後、1年程度の短命政権が6代も続き、自民党から民主党への政権交代も経験したが、成果はどうか。安倍再登板になってまだ5年に満たない。長期政権で飽きがきたとの評論もあるが、やり残し感は政治家の無念にとどまらず、国民にとっても不幸だ。

国民が選んだ民主国の内閣は、独裁国の長期政権とは価値が違う。

2017. 10. 28
社会の緩み

スバル、お前もか。日産に続き、無資格者による出荷検査が30年以上前から続いていた。日産、スバルといえば技術が売りのメーカーなので、品質への信頼感がなくなると販売への影響は大きくなるだろう。国交省は、他の自動車メーカーにも同じような無資格者による検査がないか調べている。

神戸製鋼所の製品データ改ざんは製品の出荷先が世界に広がり、影響が大きくなってきている。安全が最優先の飛行機や自動車などの素材だ。ものづくり日本の土台が問われている事態により、メードインジャパンの信頼が揺らいできた。昨日今日の出来事ではない。数十年間にわたって不正が続いてきたのだから問題の根は深い。

なぜ一流と言われているメーカーで不正行為が連続して発生しているのか。メーカーはグローバル化後、品質検証は厳しくなったが、点検を納入業者任せにすることもあったという。品質への安心感があり、従業員を信頼していたのか。現場への信頼は大事だ。だが、任せ切りの無責任体制が続いていた。

このところ政治の世界を含めて、日本社会の緩みを感じさせる不祥事が続く。

2017.10.29

寄り添う気持ち

東京オリンピック・パラリンピックまで1000日を切った。大会招致決定の際の滝川クリステルさんの「お・も・て・な・し」が有名になったが、このところインバウンド訪日外国人の増加に伴い、日本のおもてなしへの賛否が活発になっている。

おもてなしとは何か。英語のサービスは有料でする行為である。では英語ではどういうのが一番適切か。ホスピタリティだろうというのが一般的である。ホスピタリティが日本語のおもてなしという訳である。

「おもてなし」は「もてなし」に〝お〟をつけたことばで、その〝お〟とは日本独特の丁寧語であるだけでなく、「お礼」や「お詫び」などのように、相手に寄り添う気持ちを表したものである。

外国人、特に欧米人にとっては、おもてなしは一方的な押しつけ行為に感じることが多いらしい。個人主義の徹底している人にとってはありがた迷惑にもなる。日本でも型式的な丁重さは接客者による自己満足に過ぎないとの意見もある。接客マニュアルによる型どおりの対応の問題点とも共通する指摘だ。笑顔と相手に寄り添う気持ちが伝わるような態度が大切だ。

2017. 10. 30

謝り癖

日本人の謝り癖は文化に根ざすものか。政界でも、希望の党の小池代表や民進党の前原代表が、総選挙における敗北の責任に対して陳謝をしている。一寸先は闇の政治において、すべてが思惑通りにことが進むはずもない。よしと決めて決断実行したが、結果が出なかった。謝る姿は政治家としての矜持がないように見えて頼りない。陳謝は方針間違いに対してか、結果に対してか。

今回の総選挙は国会議員の当選第一の心根を明らかにした。政治信条よりもバッジが欲しいだけの政治家が多い。民主主義は経験を重ねて学習するもの。政治家も苦難を忍耐してこそ練達して希望が生じる。

戦後の日本は謝罪を繰り返してきた。その結果、何か解決したと寡聞にして聞かない。その時の人間が良かれと決断実行してきたものだ。歴史の経緯をねじ曲げることにもつながる。世界の常識では謝ると非を認めたことになる。歴史は、それぞれの立場で見方が異なるのは当たり前である。

昔の人なら、こう一喝する。

「男は言い訳するようなことなら最初からしてはならん」。敗軍の将は毅然としているべきだ。

2017. 10. 31

メガバンクのリストラ

政府系金融機関から融資を受ける手続きを進めているが、融資日から半年後に従業員の減員がないことが融資の条件になっている。雇用の維持を政府が指導しているのだ。

ところが驚くことに、新聞紙上には「メガバンクの大リストラ時代」の大見出しが躍っている。3メガバンクが大規模な構造改革に動くらしい。みずほフィナンシャルグループが19000人、三菱東京UFJ銀行が9500人、三井住友フィナンシャルグループが4000人、3メガバンク合計32500人分にあたる業務量を減らす。日本銀行のマイナス金利政策が効いてきて、収益性が下がってきた。低金利の長期化と事業基盤の変化が進んできたのに加えて、インターネットバンキングの急増で人員削減にも踏み込まざるを得ない時代になってきているという。徹底的なデジタル化を推進する。ここ数年3メガバンクの業務純益は下がり続けているが、職員数は逆に増えていた。

企業の役割は利益を上げて税金を納付し、従業員の雇用の維持にもある。金融機関自ら雇用を守れない時代になってきた。地方銀行等にも波及してくるのではないか。

2017. 11. 1
出国税

日本もいよいよ出国税を徴収するようだ。観光庁と財務省は日本を出国する旅行者を対象に、一人当たり1000円の出国税を検討している。訪日外国人だけでなく、日本人の海外旅行者も対象としている。2019年度の導入を予定しており、観光目的の財源とする。

年間4000万人を想定して、毎年400億円の財源を確保、文化財を生かした観光拠点の整備などに充てるという。2017年度の観光庁の予算は210億円だが、訪日外国人は3000万人を達成するだろうし、日本人の海外旅行者は1700万人台なので、出国税は安定した財源になるだろう。

日本で活躍する米国人の東洋文化研究者アレックス・カー氏や、英国人の文化財修復会社社長デービット・アトキンソン氏は、日本の観光地景観や文化財など観光資源の保存の方法などに注文をつけている。日本人の多くが気に留めもしない日本の観光の現状に疑問があるようだ。日本は海外旅行先として魅力が多く、観光立国として十分の素材があるが、お金を落としてもらうための工夫がない。

歴史と文化、食に温泉、四季折々の景観など国土の魅力アップに投資してもらいたい。

2017. 11. 2

薬の飲み忘れ、公費の無駄に

投薬を受けている人は多い。私も朝食後と夕食後に、医師の処方せんによる薬の服用が日課になって10年近くになる。夕食後の薬の飲み忘れが多く、月のうちの半分ほどになる。飲まなくても自覚症状がないので、つい忘れる。お恥ずかしいが、薬を飲んだかどうかさえ忘れるのは年のせいか。

母も生前は処方薬を大量に残していたが、どうしたのかと聞くと、飲むのを忘れていた、とよく言っていた。そこで、一日の服用分を小袋に入れて日付を記して分かりやすくしていたが、それでも薬を残していた。

全国の投薬の飲み忘れによる残薬は、75歳以上で年間約４７５億円にもなるという。健康保険制度で処方薬が安く投薬される。その残薬による無駄は、そのまま社会保障費の無駄遣いにつながる。残薬の良い解決策はないものだろうか。昔と比べて、医療が進歩して平均年齢は高くなったのは結構だが、その分社会保障費は高騰を続ける。日本社会のジレンマだが、昔の生活を知っている世代としては、国庫に頼らない生活をすることが生きがいとなる時代にしたいと思う。

2017.11.3
よかボス

熊本県は「よかボス宣言」をして「よかボス企業」への登録を進めている。小社にも健康福祉部子ども・障がい福祉局子ども未来課よりアンケートが舞い込んだ。不勉強で全くの初耳だった。アンケートは、当たり前すぎる設問が続くが、企業の取り組みの枠を超えている。

「よかボス宣言」には、「私は、全力で仕事に取り組んだ後は、くまもとのうまかもんを食べ、家事をして、健康で幸せなくまもとライフを楽しみます」などの5事項がある。誰も反対する人はいないだろうが、何かが足りない。社長には経営責任がある。従業員の能力向上を図り、仕事や充実した生活が送れるように支援はする。プライベートは社員の相談、同意がないと立ち入れないし、仕事と私生活は区別しなければならない。

「よかボス」か否かは、社員の評価だ。未婚者が増加しているのは深刻な問題だが、結婚したがらない若者も多い。世話する仲人さんもいない。やたら口出しすれば迷惑がられ、パワハラ・セクハラ扱いされるし、難しい世の中になった。何でもかんでも、企業や経営者への依存する度合が高くなってきた。

2017. 11. 4

イチロー選手

米大リーグのワールドシリーズは1日、アメリカン・リーグのアストロズが初制覇をして終了した。

ナショナル・リーグ、ドジャースのダルビッシュ投手は第7戦に先発出場したが、2回持たずに、2ランを含む5失点でノックアウトされて、ワールドチャンピオンを逃した。前田投手は残念ながら最終戦の出番はなかった。

ストーブリーグになり、日本人選手の去就に注目が集まる。ア・リーグのワイルド・カードでプレーオフに進出したヤンキースの田中投手は、今オフに残り3年の契約を破棄してフリーエージェント（ＦＡ）になる権利のオプトアウトを行使できるという。

特に、44歳を迎えたマーリンズのイチロー選手が現役を続けられるか、最大の関心事になる。４人目の外野手として今年は代打での出番が多かった。所属するマーリンズは、元ヤンキースのデレク・ジーター氏らが球団を買収して、新オーナーになった。残留できるかどうかの期限は、ワールドシリーズ終了から5日目という。ＦＡでどこの球団でも良いからプレーしてもらいたい。50歳まで現役を続けるイチロー選手を見たい。

2017. 11. 6

百年兵を養う

「自分の国を自分で守る」ことは国際的な常識で、勇ましいことでもない。他国に自国の防衛を任せている国は、日本の他にバチカン市国くらいか。

スウェーデンは、来年徴兵制を7年振りに復活させる。今度は女性も対象となる。ロシアの拡張主義にやむなく軍隊を増強する事態になった。安全保障環境は隣国次第だ。

日本も周辺国が民主主義国であれば、相互安全保障条約を結ぶこともできる。欧州連合は民主主義であり、かつ参加国の同意がないと加盟できない。政治的価値観の一致が前提で、ＮＡＴＯの参加国が多い。体制、宗教、民族、国土資源を巡る隣国同士の紛争は世界各地で起こっている。戦争がない世界が望まれるが、Ｔ・マーシャル著『恐怖の地政学』（さくら舎、２０１６年）によると、世界中で国際紛争のないところは少ない。

軍備は万一の危機への備えだが、不幸にして戦争になれば、戦死、戦傷、戦災を伴う。歴史の中で命をかけて他者を救った人々の栄誉は、戦争に限らず感謝され慰霊され続けている。

「百年兵を養うは、ただ平和を守るためである」とは、山本大将の言葉だ。

2017. 11. 7

白票

総選挙結果の評価はいろいろあるだろう。白票などの無効票が多かった事実も考えさせるものがある。無効票の全国平均は2・68％となっている。投票率も53・68％で戦後2番目に低かった。投票権を行使していながら白票を投じた有権者は、考えあぐねた末の投票とも言えるのではないか。それは投票に値する候補者の不在だ。棄権はしたくないが、投票すべき候補者もいない場合は白票を投じるのも一つの意思表示と解釈すべきだろう。

二大政党制で政権交代可能な政治の活性化を計ろうと、小選挙区比例代表制になって二十数年経つが、二大政党は未だに定着せず、問題があるとの声は多い。国会議員の選挙は、政党の推薦を得ることが当選に近づくので、候補者が党内で調整される結果、政党の力が大きくなる。選挙は党の追認の形になり、有権者は投票の選択肢が限られるから低投票率になるし、無効票も多くなる。

小選挙区の無効票が一番多かったのは熊本県の3・67％である。野党の一本化が良くも悪くも影響したのではないか。当選目的のために政党間の選挙協力で当選しても政権が担えるか。

2017.11.8

タックスヘイヴン

「租税回避地」といわれるタックスヘイヴンの〝haven〟は、避難所の意味であり、楽園、天国の〝heaven〟とは違うが、租税回避地は「税金天国」になっている。税制上の優遇措置を域外の企業に対して戦略的に設けている国または地域のことで、法人税等を減免する。他国の税務当局の求める納税情報の提供を企業、個人情報の保護などを理由に拒否して他国が干渉できないため、租税回避地に富裕層の資金が集まる。

国によって税制が異なり税率も違う。経済はグローバル化して、製品は世界を流通している。企業が収益を求めて世界中を工場や市場にするために調査している時代に、税制上の優遇措置がある租税回避地に税金逃れしようとする法人や個人が出てくるのは止められない。

私が1970年に入社した会社は日本法人であったが、当時本社は東京と香港に置かれていた。税金対策だった。後年、日本法人と海外法人に分離した。

1978年にタックスヘイヴン対策税制が制定されて、法人税が20%を下回る場合に適用される。タックスヘイヴンに租税が回避されないためにも、法人税率が20%に低減されれば、税収が上がる可能性がある。

2017. 11. 9

事業継承時期

我が社も次世代に事業の承継をする時期になった。古稀になる来年に予定して、後継者も確定しているが、後継を望みながら自分自身がそれで良いのかと雑念が消えない。それというのも地域の将来が見えてこないからだ。私企業は地域経済に大きく影響される、10年後、20年後が全く見通せない。

どの業種でも大手企業の地方進出がやまない。大手企業の持つ資金力、情報力、経営力には残念ながら、現在の地域金融機関や行政団体の力では太刀打ちできないのは認めざるを得ない。何が足りないのかを一言でいうと、決断力のなさだろう。その場しのぎで、将来ビジョンがあるように見えない。

最近、50代の自営業者から「子どもが後を継ぎたいと言ってきたが、嬉しい反面、将来を見通せないので返答に困る」とこぼされた。

全国の中小零細企業の廃業が止まらない。半数は黒字である。後継者の不在はやむを得ないが、将来が見込めないので体力があるうちに結末をつけるケースが多い。

企業の合併買収のダイレクトメールが舞い込むことも多くなった。次代が見通せないのはどの業界でも同じようだ。

2017.11.10

ムード歌謡

深夜、テレビをつけっ放しにしているので、ムード歌謡の楽曲が断続的に流れてきていた。ついそのまま聴いてしまう。日本の歌謡曲も捨てたものではないな。ＣＤの通販番組なのだが、歌は世に連れという通り、若い時分のウキウキした気分を感じる。深夜にムーディーなミュージックか、ウーン。スナックのママさんとデュエットしたあの歌、チークダンスをしたこの歌、そして一人歌ったその歌が流れている。短い細切れなのがイマイチだな。

先日、コタツを出した。夕食後一人で新聞を読んでいたはずだがそのまま寝入ってしまったらしい。気分良く目が覚めたら午前2時近くだった。さっそくパソコンのキーを叩いてこの文を書いている。４５０字にするのもなかなか大変な作業だなと考えながら文章を考えていたら、ムードも吹き飛んでしまった。

気分の良い時にはそのまま寝るに限るが、つい、深夜のテレビのニュース番組にチャンネルを合わせて見てしまい、頭が冴えてくる。深夜にあれこれ考えるくせになってきたのはあまり良くない生活習慣なので寝よう。午前3時を過ぎた。

2017.11.11
幼児教育無償化

4人目の孫は、今1歳9カ月だ。幼児教育無償化の対象世代になりそうである。0〜2歳児は保育園無償化、ただし、年収約260万円未満。さらに3〜5歳になると幼稚園・保育園の無償化。さらに更に、低所得世帯を対象に、大学を無償化して生活費と授業料をタダにする時代になってきた。

娘夫婦にとっては嬉しいプレゼントだろうが、考えてみれば、2019年10月に予定されている消費増税10％の増収分と不足分を財界に負担してもらい、2兆円を用立てるということらしい。国の借金返済予定分を教育無償化に充当するのだから、受益者の幼児にとっては痛し痒しだろう。自分たちが遣った国庫の教育費は、後年、自分の世代で返済していかざるを得ないのだから。と考えるとやっぱり嬉しさ半分だろうか。

話は変わり、祖父（私）の話。65歳の高校同窓会2次会。国立大学を卒業した同級生を念頭に、国の税金で勉学して卒業したのだから、これからは人以上に故郷に貢献すべき、とスピーチして総攻撃を食らった身としては、なんとも面映ゆい限りである。国の借金はいつか返さなければならない。

2017. 11. 13

販売方法の研究

天草では、第1次産品である農海産物を加工食品にして販売する、いわゆる6次産業化が他地域より進展していないという現状を、悲観的な話として地域振興コンサルタントの友人から聞いていた。養殖漁業など伸びているものもあるが、第2次産業である加工食品製造も進んでいない。

最近、そんな状況はまだ良い方か、と思わせるような話を大手食品製造販売業者幹部から聞いた。多くの第1次産業の産地では、行政や団体、金融機関と協力して、第2次産業化のため、億単位の投資をして工場を建設、食品製造に乗り出したのはいいが、製品を販路に乗せることに大変困難を伴っているという。販路に乗せるためには低価格を余儀なくされ、あるいは製品の規格化等、流通業者や大手量販店の圧力の前にあえなく頓挫し、最悪は倒産するケースもある。

大型店向けのプライベートブランドのために利益の出ない製品をつくり続けることはできない。製造過程だけでなく、流通と販売には相当の努力が重要である。

行政も今までのように商品化を後押しするだけでなく、消費者に届くまでの販売方法の研究が欠かせない。

2017. 11. 14

増価と減価

13日と14日付熊日『新生面』で、2日連続「景観」「無電柱化」を取り上げている。不肖ながら、『読者ひろば』に景観の価値について幾度も投稿してきたが、掲載されるには至らなかった。内容の未熟さ、文章の説得力のなさなど、編集方針に合わねばそれは仕方がない。

日本の景観行政の遅れは、先進国最悪に近いのではないか。日本では軽井沢と田園調布が計画的なまちづくりに成功した例だ。人気があるから売地があれば、すぐに買い手がつくので資産価値が上がる。欧州では当たり前の価値が増える「増価」である。ドイツでは景観は何より美しくあらねばならない。醜さは最大の悪というくらい景観美に神経をつかう。日本は購入時が最高値で経年とともに「減価」していく開発しかできない。

軽井沢の落ち着いたまちの色や景観は開発理念もあり、行政や住民によって規制されている。公共の資産である街路景観や自然風景には個人住宅も含まれる。個人資産である住宅も個人の好みといえども、勝手は許されず、共有の価値が優先される。美しい街並み景観は人を呼び、お金が落ちる。

2017.11.15
中国と北朝鮮

北朝鮮には、今の中国が同じ共産国家とは思えないだろう。資本主義の大本山、アメリカ合衆国のトランプ大統領と天安門広場を望む故宮の前で、にこやかに写真に収まる習近平国家主席はとても共産主義の同志ではない。

毛沢東の文化大革命は、ブルジョワ走資派といわれた劉少奇や鄧小平らに対する反右派闘争で、革命無罪を叫ぶ紅衛兵が修正主義者を糾弾した政治闘争といわれているが、実際は共産党内部の権力闘争というのが実態だろう。権力闘争に勝利した毛沢東は１９７６年に死去。復権した鄧小平が改革開放路線を打ち出して、資本主義を取り入れ、右旋回した。

現在の中国の経済的繁栄も北朝鮮にとっては、反革命的結果であり、同盟国でありながら、習近平主席と一度も会談をしていないのは、金正恩労働党委員長の不満の表れである。

中国にとっても、資本主義を取り入れて経済発展したものの、北朝鮮を批判できないのだ。中国が民主化をしないことは不安の表れであり、北朝鮮の核・ミサイル開発に反対し、経済制裁に本気で取り組まないのも修正主義の負い目があるからだろう。

2017. 11. 16

四字成語

中国は漢字の国であるから、時代を映している四字成語がある。

１９６６年には、毛沢東の文化大革命時のスローガン「造反有理」が有名になった。反対闘争には道理があるとして、「革命無罪」を叫ぶ若い紅衛兵が、全国で騒乱して反右派闘争を繰り広げた。10年にも及ぶ政治闘争の嵐が吹き荒れた時代だった。

今の中国で一番有名な四字成語は「一帯一路」だろうか。

２０１４年11月に中国の習近平主席が提唱した中国と欧州等を結ぶ経済通商ルートのことだ。一帯とは陸路の現代版シルクロードであり、中央アジア経由で欧州と結ぶ。一路とは海洋航路で東南アジア、中東、アフリカを結ぶ交易ルートだ。

昔、「造反有理」で中国は大混乱に陥り、経済的にも大きく低迷した。それに比べて「一帯一路」は、中国に大きな経済利益をもたらす構想だ。現代中国は大きな経済戦略構想を立てて、富国強兵に邁進する。

その姿は、戦前の大日本帝国が中国・満州、東南アジア、インドを日本の生命線とした「大東亜共栄圏」に似ていなくもない。

日本も富国強兵であった。中国の経済覇権にならねばいいが。

2017. 11. 17

5カ国歴訪

トランプ大統領が、5日の日本を皮切りに、韓国、中国、ベトナム、フィリピン5カ国の初歴訪を終えた。

最大の目的はベトナムのダナンで開催されるアジア太平洋経済協力会議と、フィリピンのマニラで開催される東南アジア諸国連合の首脳会議への参加だ。ハワイを経て、日本に上陸したところが米軍管轄にある横田基地であったのは、現在まで戦後日本の姿が変わっていないことを表している。国家元首は、国内の国際空港に到着するのが当然だし、日本がアメリカの属国扱いであるのを世界に証明している。韓国入国も在韓米軍基地だった。

北朝鮮の脅威を背景に、大統領は得意な取引で日本と韓国には兵器、中国とは飛行機等の超大型取引を約束させた。理念なきトランプ外交と批判がある。米国は世界戦略を進めるグローバル企業を輩出し、世界的なＩＴ企業が集積するシリコンバレーのある資本主義国。実利のためには民主主義イデオロギーを封印して、専制国でも支援してきた。米国の著名経営者の中国詣でも続く。

型破りの大統領の目的も米国をリッチにすること。その点では大統領の面目躍如だ。

2017. 11. 18

圧力と対立

考えさせられる記事だ。17日の熊日に「中国の圧力で演説断念」という見出しのもと、ジュネーブ軍縮会議で核兵器廃絶を訴える予定だった日本の高校生平和大使の演説が、中国政府の日本政府に対する圧力で見送られていた、という記事があった。被爆地の長崎や広島などから公募で選ばれた高校生は大変残念だっただろう。会議規則を盾に、日本へ圧力をかける中国の政治は、純粋に核兵器廃絶を願う高校生といえども例外ではない。平和な世界を望む日本人には思いもつかないだろう。

同じ日の記事に日本的な意見もあった。「東アジアの戦争危機と日本」と題した元内閣官房副長官補、元防衛官僚の講演要旨だ。「抑止力によらず、国同士の根っこにある対立をどうなくしていくかが政治に問われている」「脅威に対して抑止を強化すれば相手も強化する安全保障のジレンマに陥る」。正論だろうが、東アジアの日本、韓国、北朝鮮、中国の根っこにある対立とは一体何なのか。

どうすれば解決できるのか。それぞれの政府が真摯に自国と向き合い、お互いに心が通じ合える関係をどう築いていけば良いのか。

2017. 11. 19
角界 ①

先場所優勝して横綱の面目を保った日馬富士関が、幕内貴ノ岩関に暴力を振るって頭に怪我を負わせていた。4横綱になり大相撲人気が復活し、気持ちが緩んでいるのではないか。今年は満員御礼が続いたが、締めの九州場所が騒々しくなった。

日馬富士関は小柄だが精進して横綱になった努力家。鳥取巡業中に起きたモンゴル力士による2次会の酒席での内輪の出来事で、礼儀がなっていないと説諭し殴ったという。翌朝、貴ノ岩関は横綱に詫びている。両力士の師匠も詳細を知らなかった。医師の診断書も鳥取と福岡で出された2通がある。貴乃花親方は鳥取県警に被害届を出していた。日馬富士関を伴って伊勢ヶ浜親方が貴乃花部屋に挨拶に行っても、貴乃花親方は会わずに車で出かけている。分からないことが多い。鳥取県警が関係者に事情聴取を始めた。

力士は心技体が伴ってこそ強さが光る。お相撲さんは気が優しくて力持ちが一番で、角界は礼儀はあり、暴力はなしが似合う。若い力士たちが多いので、指導する親方もご苦労が多いが、公益財団法人である日本相撲協会は、国技にふさわしい存在にならねばならない。

2017. 11. 20

菊

春の桜に対して、日本の秋を象徴する菊。キクは音読みで、訓読みはない。中国渡来の植物であり、その花を表す言葉が日本になく、中国語をそのまま日本語にした。キクは非常に早い時期に伝わった外来語という。ではなぜ日本の皇室に菊花紋が使われているのか。

菊は中国から奈良時代末か平安時代初めに輸入されたらしく、平安時代には盛んに菊の歌が詠まれるようになった。菊は高潔な美しさが君子に似ているとされ、蘭、竹、梅とともに四君子とされた。

鎌倉時代初め、後鳥羽上皇が菊の意匠を好み、菊紋を自らの印として愛用した。壇ノ浦の戦で安徳天皇とともに海中に沈んだ宝剣だけが回収されなかった。三種の神器がなく、1184年に即位した後鳥羽天皇は、即位の経緯もあり、強力な王権を示す必要があった。その後も代々天皇が菊花紋を継承してきて、皇室の菊花紋章である「十六弁八重表菊紋」が定着してきた。公式に定まったのは1869（明治2）年の太政官布告による。

菊という中国渡来花が、日本の象徴である天皇家の紋章に用いられているのも感慨深い。日中往来の証しである。

2017. 11. 21

20年前の反省

政府系金融機関から融資を受けている身としては、17日の熊日一面記事は否定的すぎる。調査結果の公表はしないはずの全国地方銀行協会調査によると、政府系金融機関は地方銀行よりも低金利で融資して、民業圧迫になっているという。

制度資金の不正適用は論外だが、制度資金を可能な限り、適用しようと選定するのは取引企業にとってありがたい。現在の政府系は担保範囲であれば、代表者保証も不要になった。5年先までの資金需要計画の提出を求められるので、将来計画が実行しやすくなる。

政府系金融機関には20年前の反省がある。金利が下がり始めた頃で、融資先より金利の見直しを求められ、固定金利を理由に断った結果、全国で民間金融機関へ借り換えが進んだ。

森金融庁長官になってから、銀行は取引企業への貢献度合いを評価されるように基準が変わった。それまでは、取引企業を支えるよりも自行利益を優先しがちな雰囲気があった。地銀は信用保証協会をつけることも多いが、地銀の奮起を期待したい。取引企業を育てようと努力している金融機関とは、金利にかかわらず良い関係がある。

2017.11.22

家計金融資産

時代の世相はいろいろなところに表れる。検察庁の特殊詐欺被害状況によると、今年上半期の被害額は確認されているだけで約35億円で、前年比36%増、件数は1513件で前年比75%増になっているという。相変わらず高齢者の被害が多い。また、警視庁によると、昨年の現金の落とし物は36億円を越えて、バブル期を上回った。届け分だけなので、未届け分を入れると何倍にもなるだろう。

戦後2番目といわれる景気の回復が続いている。一部大企業を除けば、景気回復の実感はないが、中小企業の倒産もほとんど聞かないので、それなりにカネが回っている。個人は若者に限らず、スマホなどの通信費用にカネが消えていくので、余裕があるようにも見えない。

銀行に預金してもほとんど金利がつかない低金利だが、企業の現預金は200兆円、家計金融資産は1700兆円ある。この資産の生かし方次第で、日本が大きく変わる可能性がある。

例えば、交通インフラを整備して商圏を広げ、人の交流を増やす。緊急輸送道路の電線地中化に投資すれば、災害時に役立ち、街並み景観も美しくなり、住民が誇れるようになる。

2017. 11. 23
角界 ②

九州場所11日目、ここまで全勝の横綱白鵬が関脇嘉風と対戦。立ち合い後に一瞬力を抜いたように見えたが、一気に土俵外に寄り切られて負けた。直後に手を挙げて物言いの態度を示したが認められず、嘉風が勝ち名乗りを受け、弓取り式が始まっても土俵を下りなかった。なんとも異様な雰囲気の九州場所になってきた。

4横綱の内、鶴竜は休場。初日には稀勢の里と日馬富士が負け、2日目も日馬富士が連敗。3日目に暴行が発覚して、日馬富士は休場を余儀なくされた。横綱としては負けられないところまで追い込まれていたので、休場は予測できた。9日目には稀勢の里が4勝5敗と負けが込み、翌日からけがを理由に休場。稽古不足は明らかだ。日馬富士に殴打された貴ノ岩は姿を見せず、貴乃花親方は相撲協会の事情聴取を拒否。

五月場所で初めて国技館で本場所を見た。前場所に逆転優勝した稀勢の里人気は最高潮だったが、その場所を途中休場し、4場所連続で休場か途中休場。4横綱が締まらない。モンゴル力士同士の暴行について、場所後に貴乃花親方が何を語るか。八角理事長の責任は重大だ。

2017.11.24

事業承継税制

税制改革を歓迎したい。政府・与党が2018年度税制改正で、事業承継税制を見直す。中小企業の世代交代を促すために、相続税の猶予対象となる非上場株式の全株を対象に引き上げ、事業を継続する限り、10年間は相続税を免除する予定だ。事業承継を来年に予定している我が社にもありがたい。今後10年間で70歳を超える中小企業の経営者は245万人になり、その半数は後継者が決まっていない。

非上場といえども、発行株式の評価は企業の経営内容に左右される。景気の良い時期に持ち株を相続したり、贈与したりすると、相続税や贈与税の負担が大きい。企業の合併・買収によって経営を引き継いだ場合には不動産取得税や登録免許税の軽減も検討する。

中小企業が多い地方経済にとっては朗報だろう。地方の人口減少が続き、購買力不足や人材不足に見舞われて、経営環境は厳しさが増している。地方創生を成功させて、地域に活気を取り戻すには税制と法律で誘導するのが政治の役割。地域に根ざす企業の若返りを図り、人材を育成する。

やっと地方の中小企業に陽のあたる税制改正が出てきた。

2017. 11. 25

前政権否定外交

大阪市長は、サンフランシスコ市との姉妹都市を解消すると発表した。サンフランシスコ市の中国系市民団体が寄贈したいと申し出ていた慰安婦を象徴する少女像の受け入れを、サンフランシスコ市長が表明したことに反発した。大阪市長の決断を評価したい。

60年の間、大阪市とサンフランシスコ市は姉妹都市として交流を続けてきたのだが、この像の設置が両市の信頼関係に水を差した。解決済みの問題を米国が再燃させるとは残念だ。サンフランシスコ市には、中国系や韓国系の住民が多いことも議会の受け入れ表明になった原因の一つだろうが、慰安婦像を米国にまで設置する韓国の執念にも驚く。韓国内でも慰安婦像を増設したりバスの中にまでも設置したりしている。韓国国会は、8月14日を慰安婦の日とする記念日法案を可決し、尋常でない事態が続く。

2年前に日韓両国政府間で不可逆的に解決した問題を未だに蒸し返している。政府が変わると前の政府が交わした契約でも反故にする政治は、国民の支持を得ているというのだが、韓国政府は易姓革命のごとき前政権否定外交をいつまで続けるのか。

2017.11.26
謝交辞令

ケント・ギルバート氏と石平氏が対談した『日本人だけがなぜ日本の凄さに気づかないのか』（徳間書店、２０１７年）に、儒教に支配された中韓の話がある。中華思想からすると、世界の中心に中国があって、そこから遠いほど野蛮ということになり、常に日本は韓国より下だということになる。

日本には謝れば相手がそれを水に流してくれる、許してくれるだろうという性善説の考え方がある。そのため、たとえ自分が悪くなくても、謝ればすべて丸く収まるだろうという期待がある。だから日本では「社交辞令」ならぬ「謝交辞令」が飛び交っている。

韓国の立場からすると、それはない。謝れば罪を認めたということになる。もともと日本は韓国より下の存在なので、上の存在が謝るなら許すしかなくても、下の存在が謝るということは、上の者に対する大罪であるから永遠に謝らなくてはならない。朴槿恵前大統領が被害者と加害者の立場は千年経っても変わらないと言ったのは、そのことを表している。

日本はもう謝らないと宣言した方がいい。いくら謝っても効果がないのは従軍慰安婦問題も同じ。

2017. 11. 27

ロイド・ジョージの失敗

世界の歴史は繰り返すだろうか。英国の社会改良政策を打ち出したロイド・ジョージは1916年から1922年まで首相を務めた。

1933年にドイツ首相になったアドルフ・ヒトラーは、公共工事の拡大による失業対策など世界平和の維持のために尽力する政策を掲げた。ロイド・ジョージは首相辞任後も自由党党首であったが、親独派に変わり、ヒトラーに好意的になった。ヒトラーは民主主義国の弱体化を見て取り、軍事力で欧州覇権を目指した。結果は歴史の示すとおりだ。

米国のトランプ大統領はアジア歴訪で、中国の習近平国家主席を大きく評価した。現在の中国は覇権国への野望を隠さなくなり、自由貿易を主導するなど富国強兵を唱えているが、中身は共産主義者だ。

ヒトラーは国家社会主義ドイツ労働者党を率いていた。ドイツのヒトラー総統と中国の習近平国家主席を同一視してはいけないだろうが、結果的に英国のロイド・ジョージはヒトラーの本心を見誤った。トランプ大統領は習近平主席を見誤ると危うい。中国には内向きの米国は御し易いだろうか。日本は両国を見極めねばならない。

2017. 11. 28
親戚のきずな確かめる機会

年賀欠礼のあいさつ状が舞い込むことが多くなってきた。友人や知人のご不幸を初めて知ることが多いのも年賀欠礼状だろう。

いとこから届いた欠礼文で彼女の夫が夏に亡くなったことを初めて知った。驚いて電話すると、亡夫が知らせないでよいと言ったので、突然がんで死亡したが知らせなかったと言う。

病気のことを知らなかったのは、親族としては大変残念だが、それぞれ個人の考え方もあるので仕方がないこともある。早速香典を送った。わが家も義母の年賀欠礼の年である。

今年は遠縁の百か日法要に案内を受けたのでお参りした。その折、お坊さんの法話で、百か日法要は、故人を思い泣き悲しんでいた家族や近親者が泣くことをやめる頃ということから「卒哭忌」というと教えられた。法事はよく考えられている。

亡父はよく言っていた。「身内の法事にはできるだけ子どもも連れて行け。その分、少しだけ多めに御仏前を包めば良い」。法事は故人の追善供養だけではない。親族が集まり、無沙汰を謝したり、新たに増えた身内の紹介をする場にもなる。一族の紐帯を確かめる良い機会だろう。

2017. 11. 30
引退届

横綱日馬富士は引退届を提出した。貴ノ岩に暴力を働いたことが、後味の悪さを残す結果になった。引退届後の記者会見では、伊勢ヶ浜親方は始終涙を拭いていて、無念さ、やるせなさが感じられて胸を打った。

九州場所中に進退を決めていたのだろう。当事者の日馬富士は気持ちの整理がついていたのか、終始落ち着いて、明瞭に自己の心境を吐露していて、好感は持てた。巡業中の酒席での暴力行為の反省と同時に日本や相撲を愛していると繰り返し、真摯さも伝わった。暴行は日馬富士の酒癖が原因ではないが、礼儀教育のためとはいえ暴力はいけない。

被害者である貴ノ岩や貴乃花親方は依然として黙して語らない。警察の事情聴取が終わるまで事実関係を公表できないのだろうが、巡業部長の貴乃花親方が、不祥事を知った時点ですぐに相撲協会に届けていれば、もっと力士の立場のままでの処分も可能ではなかったかと愚考する。

横綱にまで昇進した日馬富士はもとより、モンゴル国民にとっても残念至極だろうし、貴ノ岩にとっても、本意ではないだろう。日本相撲協会にも汚点を残した。

2017. 12. 1
個人情報

中国には自信と不安が混在している。中国の生活インフラは急速に電子化し、日本に比べて、経済活動のしがらみがない分、スマホ利用の電子決済が飛躍的に進歩している。中国では電子決済により国民の経済活動が国家で把握されるようになる社会が現実になってきた。国家が、最新技術とデータを国民監視に利用すると判断すれば、容易に可能という。既にそうなりつつあり、中国には願ったり叶ったりだろう。

中国人民銀行は、来年にはすべての電子決済を人民銀行系の決済システム経由で行うように通知を出した。スマホでの決済は、国民の経済活動を捕捉することが容易になり、実際にその目的で中国が動き出した。個人情報を国家が利用する社会の実現だ。顔認証の技術も進み、監視カメラを交差点の至るところに設置して個人を特定する。国民の一挙手一投足の把握を目指す社会が目の前だ。

国民を監視する中国は、世界の覇権国家を目指し、中国式のインフラシステムを構築する。

民主主義国とまったく異なる価値観の国家が21世紀に出現しそうだが、歴史を後退させてはならない。

2017.12.2

陛下の退位

天皇陛下の退位が再来年、平成31（2019）年4月30日に決まった。退位の意向を示されてから、皇太子夫妻のご成婚時以来およそ25年振りに開かれたという12月1日の皇室会議まで、およそ1年4カ月が経っている。

天皇陛下が年齢、体力を理由に退位の意向を、国民にテレビ談話を発表されたのが、平成28（2016）年8月8日だった。退位は皇室会議から更におよそ1年5カ月先になり、陛下の談話から正式に退位になるまで、2年9カ月近くの月日がかかることになった。明治維新以降、初めての生前退位になり、政府が慎重に検討してきた結果であるから仕方がない面もあると思うが、陛下のご年齢を考えると、時間がかかり過ぎではないか。もっと早く、来年にも退位があってしかるべきだった。退位の意向があっても手続きを含めて迅速に進められないのが、現在の日本の姿であろうか。民主的手続きに時間がかかるというものの、陛下のお気持ちは結論が出ているので、決定を早くするのが政府の役目だ。

国民生活に影響が大きいから慎重にというのだが、陛下と皇后陛下の年齢やお気持ちを考慮すれば、何も遠慮することはなかったはずだ。

2017. 12. 3

450字ワールド

熊日読者ひろば投稿欄の字数が、11月までは450字程度だったが、12月より400から600字程度に変更された。「寄せられている原稿の実態に近づけるのと、書きやすくして投稿者層を広げる」のが狙いという。投稿の多様性も期待される。

文章を考えていると、テーマについて思い悩む日もあれば、幾つものテーマが出てきて楽に書ける日もある。日記代わりの身辺雑記ではないが、自分の興味ある事柄について、自身の考えを文章化する作業は一日の目標になり、苦しい時もあるが何やらルーティンワークに近いものになってきた。

テーマ次第では過激な内容になり、大きな問題を450字にすると言葉足らずで誤解が生じるだろうな、などと考えるが、何でも良いから書き続けることに意義があると勝手に思い込んで日課になった。テーマを思いつかない時には、社員に何かないかと尋ねても返答はないので孤軍奮闘する。「病膏肓に入る」とは、このことだろうか。

これからも「450字ワールド」にこだわっていきたい。書き終えると安心、安眠できるので、睡眠導入剤代わりになってきた。

2017. 12. 4
独裁一強体制

北朝鮮の老朽化した木造漁船の日本海沿岸への漂着が続く。国連の制裁効果により、北朝鮮国内では食糧不足が深刻化しているのか、漁師に漁獲量増加を迫っているようだ。国民の生活を置き去りにしても金正恩体制は核・ミサイル開発至上主義に走り、莫大な国費を乱費する。体制維持が最重要課題だ。旧式木造漁船を見ても国民の生活環境が良くなっているように見えない。北朝鮮人民はどれほど長い期間耐乏を強いられているのか。国内に国民の不満や抗議があるのか否かさえ不明だが、米帝打倒を叫ぶ軍民のプロパガンダとソウルを火の海にすると威嚇する放送は伝わる。

中国の習近平政権は、国論が分裂して、国力が低下している現在の民主主義国の状況を見て、独裁一強体制を誇示し、民主化を否定する。経済成長さえすれば国民は従うと見て、強権で支配する。国民は言われたことに従って生きる方が楽で、生活できればそれで良し。

日本は敗戦後に米国占領下で教育された民主主義。自ら必要として勝ち取った民主化ではないから、日本のマスコミもリベラル政党も独裁国の批判はしない。

2017. 12. 5
日本の正念場

北朝鮮は米韓合同軍事演習を、自国の存続を危うくする行為として非難し、米政権が自国に敵対行動を続けていると反発している。米国の武力圧力はますます強化される。北朝鮮も負けず、戦争危機をあおる。韓国には在韓米軍基地を設けているが、米国にとって北朝鮮が核・ミサイルの実験・開発を止めれば、経済的魅力がないから、あまり興味はないだろう。中国を煩わせることもなくなる。

敵意をむき出しにして対立したイデオロギーによる東西冷戦で多くの悲劇が生まれた。歴史の変転により、ソ連邦は解体し、社会主義国は少数派に転落して、東アジアに残るのみとなった。中国と北朝鮮は体制の転換を簡単には行えないだろうから、敵対的な非民主国は、一国平和主義に染まった日本には厄介な隣国だ。

国民の生活を犠牲にし、国民までも人質にした金正恩労働党委員長は核・ミサイルで米国を挑発する。その隙に、中国の習近平政権は尖閣列島を武力も辞さず占有する方針を固めたという。

積年の恨みを晴らそうと富国強兵に邁進する。日本は平成の終わりが近づくが、正念場を迎えた。

2017.12.6
「銀河」

太平洋戦争末期に、およそ1000機製作された「銀河」という双発爆撃機をご存知だろうか。昭和18年から敗戦時までラバウル航空隊にいた伯父の手記で、私も初めて知った。

大日本帝国海軍が開発し、当時の最高の技術で実用化した最新鋭の大型急降下爆撃機だった。海軍は航空戦力が今後の戦争には重要になると認識していて、従来の飛行機より性能の向上を急がせた。飛行機の開発では、速度記録機Y-10、航続距離記録機Y-20、高度記録機Y-30の研究を進めていた。その試作機「銀河」を、中島飛行機が完成させたのが、昭和8年のことであった。大量生産される前に日本は敗戦した。

こんなことを思い出したのは、北朝鮮が新型大陸間弾道ミサイル（ICBM）「火星」の発射実験を成功させたからである。射程13000㎞で米国東海岸にも届く距離だという。実験成功だけでは、まだ実戦配備には時間がかかる。大量生産には資金、工場、技術者等が不可欠だ。

米韓両軍は4日、戦闘機など約230機を投入して、「史上最大」の訓練を韓国周辺で始めた。核・ミサイル開発を止めさせようと必死だ。

2017. 12. 7
年末の手締め

手締めシーズン。忘年会では閉会あいさつがある。あいさつの後の締め方もいろいろ。商売人にとっては、お手上げになるからと縁起を担ぎ、「万歳三唱」はあまり行わない。従って「手締め」になることが多い。

先日の忘年会では「一本締め」を指示された。会場では「パン」と手打ち一回の人が多かったが、すかさずやり直しの指示と講釈が始まった。

「パン」と一回の手打ちは一丁締めと言う。一本締めは「パパパン、パパパン、パパパン、パン」と手打ちをする。三拍が三回で九、一点足すと「丸」になるので縁起を担ぐ。それを三度繰り返すのが「三本締め」。掛け声の「イヨー」は「祝う」のなまった掛け声という。

先年、東京・浅草の「酉の市」で手締めを聞いた。縁起物の熊手の購入者に景気付けで売り子さん数名で三本締めをする。手打ちの合間に「商売繁盛」の合いの手を掛け合い、購入もしないこちらも嬉しくなるほど気分が良い。

さすがに江戸っ子はすごいなと感心したが、売り手は埼玉から来ているという。大江戸東京のにぎわいの一端が分かったような気がした。

2017. 12. 8
女性部と婦人会

国連開発計画（ＵＮＤＰ）が公表する「ジェンダー不平等指数」（ＧＩＩ）は、２０１７年版では日本は１８８カ国中21位。「人間開発報告書」で発表され、長寿、知識、人間らしい生活水準の３分野の平均達成度で評価される。人間開発の達成度を示す人間開発指数と同じ指標を用いて決定される。

男女間の格差を示す指標として他に、世界経済フォーラム（ＷＥＦ）が毎年公表している「ジェンダーギャップ指数」（ＧＧＩ）がある。「世界男女格差報告書」で発表され、各国の資源や機会が男女間でどのように配分されているかについて、経済活動の参画と機会、教育、健康と寿命、政治への関与の４分野で評価している。「男女平等ランキング」とも呼ばれている。日本は政治分野における女性の進出が極端に遅れているので、２０１７年は１４４カ国中１１４位である。

調査分野や項目により、結果には大きな違いが見られる。日本は国会議員、官僚、企業管理職などで格差が大きい。日本の各種団体などには、女性部や婦人会があり、男女別々の組織活動が多いことも、男女平等ランキングが低い結果になっているのかも知れない。

2017.12.9

1953年8月3日

「臨時ニュースを申し上げます。臨時ニュースを申し上げます。大本営陸海軍部、12月8日午前6時発表。帝国陸海軍は本8日未明、西太平洋においてアメリカ、イギリス軍と戦闘状態に入れり」。ラジオ放送が全国に流れてから、既に76年の月日が経った。

当時の日本人は宣戦布告を聞いて快哉を叫んだ。やっと憎むべき鬼畜米英に一矢を報いることができたと、提灯行列までも行われたという。

しかし、3年8カ月にも及ぶ戦争は日本の国力の限界を露呈し、原爆を投下された上、無条件降伏の屈辱をもって無残な敗戦となった。戦争犯罪を裁く極東国際軍事裁判でA級戦犯として、7人が絞首刑、16人は終身刑に処せられた。「平和に対する罪」は事後法であり、当時も国際法違反という意見があった。

1953年8月3日、衆議院本会議で「戦争犯罪による受刑者の赦免に関する決議」が可決。すべての戦犯には恩赦が求められ、戦争犯罪は許された。この国会決議は与野党問わず全会一致で賛成された。

現在の日本には戦争犯罪者はいない。1978年に靖國神社に合祀された。

日本の歴史を知ろう。

2017. 12. 10

家制度②

昨年8月に、天皇陛下のビデオメッセージが放送されて以降、皇室や皇族について、諸問題が取り沙汰されているが、まだタブー視されているのではないか。本欄にも天皇についての投稿が掲載されることはない。

本紙の解説には、「国民の皇室観の変化や社会の変容がある。今こそ時代に即した象徴天皇制の在り方を見つめる好機とすべきだ」とあるが、天皇家について、国民が正面から意見を言うことはなかなか難しい。識者の談話もあるが、言葉足らずで誤解が生じる可能性もある。

「男系天皇」を維持しようとすれば、皇族に皇子が増える以外にない。皇室先細りへの対策は、「女性宮家」の創設、「女系天皇」の容認、「旧皇族の宮家復帰」などが考えられるが、政治問題になりやすく、本気で取り組もうと思えば、雑音に悩まされるだろう。

天皇家の将来について考えることは、将来の日本のあり方を考えることでもある。天皇家という「家制度」を維持していくことは、人口減少に悩まされる地方にとって、戦後の民主化で否定された「家」の持つ人口保持機能を考えることにもつながる。

2017. 12. 11

大相撲とプロ野球

日本の国技である大相撲とアメリカ発祥のプロ野球では、力士や選手の雇用関係がまったく異なる。

少年時代には、横綱栃錦と横綱若乃花（初代）が土俵を沸かしていた。プロ野球ではセ・リーグは巨人、パ・リーグは西鉄ライオンズが全盛時代であった。

不思議だったのは、プロ野球選手がトレードでチームを変わることだった。せっかく馴染み、名前を覚えた選手がチームを変わってがっかりした覚えがある。なぜだか子ども心には理解ができなかった。

大相撲の世界では、栃錦と天草出身の大関栃光のいる春日野部屋と若乃花の二所ノ関部屋がしのぎを削り、力士が部屋を変わることはできない。所属する相撲部屋は、親方が変わり、部屋移籍する以外は変わらない。関取は引退後、親方株を買って部屋を継ぐ。今は、それぞれの特性によって異なる雇用形態が理解できる。

大相撲は横綱日馬富士の引責引退で、若乃花の甥の貴乃花巡業部長が話題を集めている。プロ野球は、大谷翔平選手がメジャーリーグのロサンゼルス・エンゼルスに移籍した。大相撲とプロ野球、発祥国で業界の哲学が違う。

2017. 12. 12

騎馬警官隊

東京駅丸の内駅前広場が広くなり、皇居まで大通りで一直線につながった。日本の顔として申し分ない。信任状捧呈式に参内する外国大使を乗せた馬車が、10年振りに東京駅から出発した。東京駅は5年前に往時の姿に復元し、日本の首都としての風格がますます備わってきて、喜ばしい限りだ。何と言っても景観がすばらしいが、騎馬と馬車列が景色を優雅に彩り、絵巻物の世界が出現している。

現在、騎馬警官隊が存在するのは皇宮警察本部、警視庁、京都府警である。

昨年4月の熊本地震による熊本城の被害は甚大で、天守閣も被災し、現在復旧工事が行われている。石垣が何十カ所も崩壊しているので、熊本城全体の復旧は数十年もかかる。熊本城内を往時の姿に戻しながら、熊本県警に騎馬警官隊を創設したらいかがだろうか。二の丸広場は騎馬訓練に丁度良いし、阿蘇地方は馬の成育も盛んだ。熊本城復興工事中の見学コースは人気があるし、復興費用の捻出にも騎馬隊訓練風景は一役買うだろう。

夢だが、騎馬警官隊のパレードを熊本城から熊本市役所まで定例化すると千客万来だ。

2017. 12. 13
受信料制度

地上デジタル放送が開始されて、アナログ波は２０１１年度に停止された。それまでのテレビはブラウン管画面で箱型が当たり前であったが、いわゆる地デジ化が進み、薄型の地デジ対応型に変わった。全国一斉に地デジテレビが購入されたことにより、その後テレビが売れなくなり、家電メーカーの衰退にもつながることになった。

今月６日に、最高裁大法廷は、テレビを設置する人にＮＨＫ受信契約を義務付けた放送法の規定が合憲とし、テレビ設置者はＮＨＫ受信料を支払う法的義務があると判断した。テレビを持っているだけで、ＮＨＫ放送を見ない人にも受信料が請求される。現在でも、テレビ設置者の２割の人が受信料の支払いに応じていないという事実は、やはり受信料制度に問題があると考えるのが普通ではないか。公共放送のあり方と同時に、受信料制度の是非や放送法の再検討の時期に来ている。インターネットなど多様な視聴方法が可能な時代だ。固定電話同様、固定テレビを必要としない人も多い。地デジテレビに付いているＢ－ＣＡＳカードにより、ＮＨＫの電波を受信できなくすることは可能という。

2017. 12. 14
中国未来社会

中国のやることはすごいというか、日本ではとても考えられないことを発想し、実現していく。

マイナンバーは日本でも取り入れられたが、中国では顔認証システムが実働している。現在1億7600万台の監視カメラが稼働している。今後、数倍に監視カメラが増えていき、国民の監視が進む。ホテルにチェックインすると顔写真を撮られて、身分証とパスポートの提示を求められる。公安当局が義務づけている。日本でも宿泊台帳の記帳が警察より義務づけられているが、ほとんど形骸化している。

必携のスマートフォンで位置情報が分かり、決済情報さえも当たり前のように分かってしまう。キャッシュレス社会では、個人情報が丸裸にされる。何十億の人口がいても、何のことはない。膨大な個人情報はスーパーコンピュータで処理され、データ化し蓄積されていき、人工知能により分析される。

電子ネットワークが急速に発展する中国。そんな中国未来社会の住み心地は便利で快適だ。感情をなくし、勘定に徹していれば何のことはないだろう。これが国をあげて人民を支配する共産党の理想だ。

2017.12.15
ふるさと納税

「ふるさと納税で日本を元気に！」総務省のキャッチコピーは単刀直入だ。今は都会に住んでいても、生まれ育ったふるさとに貢献できる制度、または、自分の意思で応援したい自治体を選ぶことができる制度として創設された。

納税という名称だが、実際は寄附である。寄附金のうち２０００円が控除されるが、総額は住民税の一割程度が控除の目安である。受け入れ自治体からの返礼として、特産品が送られることが多い。ふるさと納税を行った本人が使途を選択できる自治体もある。生まれたふるさとである田舎は、少子高齢化の波に洗われて人口減少が止まらない。必然的に地方自治体の税収は先細りだ。

平成27（２０１５）年中のふるさと寄附金の生活地別の実績は、東京都が27万人で控除額２６３億１４００万円で最大。熊本県は7千人、控除額4億９９００万円。合計では１２９万8千人、１００１億９１００万円の控除額となる。

本来はこの金額は生活地の自治体に入る税金である。控除額以上のふるさと寄附のために、受け入れ自治体では返礼品の競争が始まり、豪華な特産品が登場するなど、本末転倒も指摘される。

2017.12.16
双子の孫娘

もう高校三年生になった双子の孫娘の妹の方の絵が「くまもと『描く力』２０１７」で入選した、と次女が知らせてきた。さっそく熊日で確認すると、同じ高校から３人入選した中に、孫娘の名前もあった。

二卵性双生児で顔はそっくり。熊本市内に住んでいて、たまにしか会わないので、会った時にすぐには名前が出ない。間違って逆の名前を呼ぶと「違うよ」とたしなめられるので、ちゅうちょする。特徴を教えてもらっても、とっさに判別できない。じいちゃんとしては、まったく情けない限りだ。家内はすぐ違いが分かるらしい。右利きと左利きであるので、分からないのが不思議と思うが、未だに苦労する。中学までは同じ学校の制服で過ごしてきたので、分かりにくかった。高校は別の学校を選び、制服の違いもあるので分かるはずだったが、どの制服がどの高校かが分からないので、同じことである。

美術学部のある大学へ推薦合格をもらったという。今日、熊日の美術公募展の高校生向け「チャレンジ部門」を県立美術館分館に家内と見に行く。今度ははっきりと名前を呼べる。

「おめでとう」

2017. 12. 17

電線病

２０１８年度の与党税制改正大綱が決定された。その中の一つは「国際観光旅客税」で、以前から「出国税」の仮称で検討されていた。日本人、外国人を問わず日本出国時に課税するもので、２０１９年1月から１０００円を徴収する。

今年のインバウンドは２８００万人が予想されるので、東京オリンピック・パラリンピックの２０２０年には、外国人観光客数４０００万人の目標は十分達成可能だろう。その上に、アウトバウンドである日本人の海外旅行者は毎年１７００万人以上で推移している。合計５７００万人くらいの出国者数になり、国際観光旅客税は５７０億円程度が見込まれる。観光政策の整備費等にあてて、景観が美しくなることを期待したい。

それに国内に３５００万本以上ある電柱も何とかしなければならない。「電線病」と揶揄される日本の街路風景宿痾を治さなければ、日本の国土景観は後進性のままだ。電柱１本に１０００円の「電信柱税」を徴収する発想があってもいいのではないか。年間３５０億円程度ではあるが、災害時に備えて緊急輸送道路からだけでも、無電柱化を推進し、安全と美化につなげたい。

2017. 12. 18
琉球列島

沖縄の戦後は米軍基地に翻弄されてきた。住宅街がすぐそばに迫り、世界で最も危険と言われる米軍普天間基地は、21年も前に返還が決まっている。紆余曲折を経て、代替地である辺野古への基地移設、建設が始まった。そんな中、13日にまたも普天間基地近くの小学校運動場内に、飛行中の米軍ヘリの部品が落下する事故が起こった。児童に怪我はなかったが、反米軍基地感情は一層高まり、沖縄県民の怒りは当然だ。

日本は日米安全保障条約で米軍に頼らなければ安全を保てない。自主防衛軍事力が必要だが、憲法すら変えられないのが日本の現状だ。日本と政治体制が異なる中国は核兵器保有国であり、米軍の核の傘への日本の依存は、核開発に勤しむ北朝鮮の心情と重なる。地政学的に琉球列島の位置は中国にとって目障りだから、沖縄の反米軍感情は中国に都合が良い。

沖縄を差別する感情から米軍基地が沖縄に集中している訳ではない。今のままで良いとは誰も思わない。米軍基地を本土に移転しようという声があるが、議論の前に反対運動が起こる。中国は日本から米軍を追い出したい。

2017.12.19

平和ボケ

中国人や中国企業が日本の土地を購入するケースが相次いでいる。北海道を中心に土地や建物などの不動産を次々に買いあさり、2016年には水源地2411ヘクタール（東京ドーム513個分）が既に買収されたといわれている。水源地以外を含めるとその10倍以上の土地が中国人の手に渡っていると見られ、国土の2％が既に買収されたと推測されている。

これに対して中国の環球時報は「日本のメディアがウソ八百の〝中国脅威論〟を展開」と題した記事を掲載した。環球時報は中国共産党中央委員会の機関紙『人民日報』系列のタブロイド紙であり、海外のニュースを中心とした紙面構成で、民族主義的な立場をとる。外国の出来事のうち、自国に都合の良いものを掲載し、中国政府を正当化する立場で論評している。

そんな中、8月に石平『教えて石平さん。日本はもうすでに中国にのっとられているって本当ですか？』（SBクリエイティブ、2017年）という、「平和ボケ」ともいえる楽観的な日本人に警鐘を鳴らす、衝撃的な本が出版された。

「中国による日本の支配」は日本人の知らないところでじわじわと進んでいる。

2017. 12. 20
四一十四二

「一斗二升五合」と書いて「御商売益々繁盛」と読む。五升の倍は一斗、升升で二升、半升が五合である。江戸の「判じ物」は洒落っ気があり、納得感がある。ついでに言うと「春夏冬中」には秋がないので「商い中」となる。今年の景気は如何だっただろうか。

年末も押し迫ってきた。平成29年は、「二重苦」の年であった。

北朝鮮の核実験とミサイル発射に翻弄され、北部九州を襲った豪雨などの自然災害が多かった。今年の漢字「北」が世の中を象徴した。天皇陛下の譲位も決まり、平成時代の終わりも近づく。

来る年、平成30年は3Hの平和、繁栄、発展の「三重」の喜びの年にしたい。

十二支は戌。犬には社会性があり、忠実な動物で人との付き合いも古く、親しみ深いので「平和」、また、お産が軽く、安産な動物で多産なので「繁栄」、そして、戌年の特徴は勤勉で努力家であるということなので「発展」の象徴である。

往く年に感謝、来る年に希望を込め、皆さまにごあいさつ。

「一九十四二五九六三三七三二八四一十四二」(往く年にご苦労さん皆さんには良い年に)。

良いお年をお迎え下さい。

2017. 12. 21
日本の国益

平成25年に策定された日本の国家安全保障戦略は、積極的平和主義の具体的内容を内外に示す。

日本の国益は、日本の平和と安全を維持し、その存立を全うすること。日本と国民の更なる繁栄を実現し、我が国の平和と安全をより強固なものにすること。普遍的な価値やルールに基づく国際秩序を維持・擁護すること。

その目標は、抑止力を強化し、我が国に脅威が及ぶことを防止する。日米同盟の強化、パートナーとの信頼・協力関係の強化等により地域の安全保障環境を改善し、脅威発生を予防・削減する。グローバルな安全保障環境を改善し、平和で安定し繁栄する国際社会を構築する。

トランプ政権は18日、国家安全保障戦略を発表した。中国とロシアを米国や戦後の国際秩序に挑む修正主義勢力と捉え、軍事・経済の両面において強硬姿勢で対峙する。北大西洋条約機構など同盟国との連携重視、日本、オーストラリア、インドとの協力強化も盛り込み、各国には応分の負担を求める。

普遍的な価値を認めず、領土的野心を隠さない中ロに米国が警戒度を引き上げた。日本も国防力強化が課題だ。

2017. 12. 22

女性の地位

日本は空気が支配する社会という。世界でも珍しい、人の目を気にする国民性がある。

女性の職場進出が進まないのは、男尊女卑の歴史があるからではない。日本の主婦は、ほとんどが家計の財布を握っている。給料の口座振込で全収入は主婦に押さえられている。主婦が不当に差別されている訳ではない。

それなのに、なぜ女性の地位が低くイメージされて、女性の地位が低いが故に女性の職場進出が進まないと思われているのか。日本女性は完璧を求められる。家事をするのは当たり前とされ、家事をこなした上に仕事をしなければならない。家事をしない主婦は、仕事をしても評価されない。

その点、香港の家庭の主婦は家事をしないし、しなくても非難されない。家事はアマさん（ヘルパーさん）の仕事であり、主婦が外で仕事をするということは、アマさんを雇うことを意味する。アマさんを雇う経済力があるし、住み込みで人件費が安く若いフィリピン女性が多く、英語を話す。炊事、洗濯、家事、育児までもアマさん任せである。主婦は外で仕事をしていればよいので職場進出が進む。

2017. 12. 23

ウンチク

えー、ウンチクを一つ。年末恒例の忘年会は、今年は22日の金曜日がピークでしょう。学校関係者は冬休み前、役所は年末前最後の連休が始まる前日のこの日に集中します。幹事さんは参加者が多いほど会場確保に苦労します。さて開宴。2時間ほどすると、宴会が盛り上がっていても一旦、1次会の中締めと称して、閉宴の手締めがあります。

ここで問題です。誰に手締めをお願いするか。来客の中には県議・市議の先生方もいらっしゃるでしょう。来賓あいさつに指名された議員さんは満足です。あいさつがしたい議員さんも多いのですが、ご招待した来賓客を閉会あいさつの手締めに指名してはいけません。仮に指名されても、丁重にお断りするのが筋です。開会は主催者代表があいさつします。閉会の手締めも、主催者側の人間が、会が滞りなく無事にお開きになったことに対する感謝の意味を表すのが本来のあり方です。

如何でしょうか。議員さんはあいさつ好きで、締め方も万歳三唱から三本締めまでとても上手ですが、あくまで主催者としてですよ。

「年末に三本締めて感謝する」。お粗末！

2017. 12. 24
ハ行転呼

ペンで文字を書いていた頃には、当たり前であったことが、機器であるパソコンなどを使用して文章を書くようになって、疑問が出てきた。

それはローマ字変換で日本文を書く時、例えば、「私は」の文字は、ローマ字では〝watashiwa〟ではなく〝watashiha〟と英文字を叩かなければならない。

発音は「ワ」なのに、表記はなぜ「は」なのか。「は」は「ハ」と発音するが「ワ」とも発音する。「ワ」と発音する時は、どんな場合か。

助詞である「て・に・を・は」は、語句と他の語句との関係を示したり、文章に一定の意味を加えたりする言葉である。ハ行音は平仮名が成立した平安時代初期には、ファ・フィ・フ・フェ・フォと発音されていたが、18世紀中頃になるまでに、文節中のハ行音が、ワ行音のワ・イ・ウ・エ・オで発音されるという現象がおこる。

この現象は「ハ行転呼」と呼ばれ、一般化していったという。「へ」を「エ」と発音し、「を」を「お」と書かないのも同じ現象で、日本語変遷の歴史である。パソコンには「ハ行転呼」機能はないが、文章構成力があるので問題はない。

2017. 12. 25
子宝祈願

11代目市川海老蔵と生年月日が同じ息子が、年末恒例の一年を振り返る特番テレビで「海老蔵」を見ている。

先日、年末年始では今までとは違って早目に長い休暇を取らされて帰省した。未だ独身だ。今の子たちは結婚願望もないようで話題にもならない。

歌舞伎の老舗名門宗家と比べるべくもないが、初代の團十郎には子がなく、成田山新勝寺に子宝祈願をして2代目團十郎を授かったという。これに感謝して「成田不動明王山」を上演、大当たりした。

成田屋の屋号の由来だが、海老蔵家には麗禾ちゃんと勸玄くんという嫡子がいる。妻の麻央さんは残念ながら半年前に乳がんで亡くなったが、後継者は残した。泉下の父、團十郎さんは複雑な気持ちだろうが、次代にはつながりそうなのでまずは安心ではないか。

息子も我が社の4代目を継ぐ予定だが、先代として悩みは消えない。経営環境の変化についていけるだろうかというのが一つ。二つ目は地域の人間関係に馴染めるだろうかという心配。歌舞伎の一門制度のある家筋はうらやましい限りだが、大相撲のように一門制度が揺らいでいるところもある。

2017.12.26
ミスマッチ

世の中は年末年始の休暇になる。仕事納めが12月28日で、仕事始めは1月4日が一般的だろう。年末年始に休みを取れる業種はまだ良い。年末年始も勤務する職種もある。今年は飲食店や小売店が休業する店が多くなってきた。時給を上げても従業員が集まらず、人手不足が慢性化している。

天草市では商工会議所や地元金融機関などが協力し、天草市起業創業・中小企業支援センターを設立して2年半が経過した。地方に就職したいが職場がないとされて、企業の誘致や起業等で雇用が奨励されてきた。

しかし、以前からある職場にも従業員が集まらず、特に水産や建設業の職場は敬遠され、事業は拡大しているが求人募集しても応募者すらいないのが現状だ。人手不足の原因に人口減少が上げられるが、そうだろうか。地方に魅力が少ない上に、求職者と求人企業の仕事がミスマッチを起こしている。待遇面が劣ることもあるが、日本の若者がしたくない仕事が多いのが地方の企業だろう。

先年、天草市の農業と水産関係の県立高校が、名称を再度変えた。実業教育に力を入れる時代に、名前すら表に出ない。

2017. 12. 27
政治家の存在感

日本は強力なリーダーシップを持つ政治家を求め続けてきた。政界では安倍一強といわれるが、与野党に存在感のある政治家が不在なだけだ。安倍政権を長期化するために、国民に気を遣っているように見える。初心を思い出して、蛮勇をふるってでも実行するのがトップである首相の務めだ。世論調査にあまり振り回されては何もできない。先を見越して説得するのが政治家だ。

民主主義の劣化が叫ばれているが、いつの時代でも民主主義は不完全な政治形態だ。中国や北朝鮮は民主化しない。民主化は風土にそぐわないと思っている。日本は国論が分裂し、国民の分断は進み、国益は何かさえも誰も言わない。政治家が言わずに誰が言うのか。民主化しない中国や北朝鮮は国益をはっきり主張する。金正恩や習近平、プーチンには民主国にはない存在感がある。

第2次安倍政権が5年を迎えた。

政治家は将来予測される事柄について、議論する。国民に迎合するのは結果として国民を不幸にする。「そのためには日本語の達者な使い手であれ」（曾野綾子『靖国で会う、ということ』河出書房新社、２０１７年）

2017. 12. 28

産業教育

熊本県産業教育振興会は昭和37年に発足し、農業、工業、商業、家庭、水産、看護、福祉等の専門学科を設置している高校と、産業界、行政の3者で構成される。公益財団法人産業教育振興中央会と連携している。天草支部は天草工業高校、上天草高校、天草拓心高校の3校と民間法人7社が会員だ。

先日、本渡商工会議所の講演会の折に配布された資料には、「専門的な知識、技術・技能を身に付けた後継者の育成や、高齢化社会を支える医療や福祉を担う人材の育成が強く求められるなど、専門高校の役割と期待は年々大きくなっている。一方、高等学校の再編整備においては、専門高校の統廃合や縮減が進むなど、専門的な知識、技術・技能を身に付けた多くの専門的職業人を必要とするという社会からの要請に応える上から極めて憂慮すべき状況にある」と平成25年11月の第55回全国産業教育振興大会（愛知大会）の決議文がある。

その後、平成27年度から、天草では苓明、苓洋、河浦高校が統廃合されて拓心高校となったが、校名から専門を示す名称は消えたまま。産業教育の振興と誇りは感じられない。

2017. 12. 29
日本の弱体化

「地球上のどこででも民主主義が可能だと信じているアメリカ人や日本人は、電気がない暮らしをしている約20億人分の心理がわからないのである。民主主義に代わるのは、じつに奥が深い族長支配の文化である。アメリカがイラク政策をしくじったのも、つまりは、民主主義でない残りの文化を理解しなかったからだ」。作家の曾野綾子の認識だ。

特にアフリカの想像を超えた過酷な土地で暮らしてきた部族には独自の生活方法がある。電気のない時代から日本には「家制度」があった。家を代表する「戸主」は土地や財産を継承する一方で、一族の面倒を見続けなければならない。未婚の兄弟姉妹はもちろん、義理の兄弟や血縁者の身を寄せるところのない者の世話をし、国に頼らなかった。

日本の長く貧しい時代には、家父長支配であり続け、戸主が生活全般を差配していた。敗戦後、占領下の日本で生活基盤である家を解体され、個人主義が蔓延してくる。戦後次第に自活自助の精神が失われていき、地方は過疎化し、国の借金は増え続けている。日本の弱体化を意図した連合国の占領政策は成功した。

2017. 12. 30
道路行政

熊本市内の交通渋滞がひどくなっている。特に夕方近くになると、市中心部に近くなるほど信号が青でも車が動かないことが多い。中心部の立体駐車場もほぼ満車状態である。

城下町である熊本は複雑な道路事情もあり、整備が進まない。このまま放置すると、物流や交流人口に多大な影響が出て、経済損失は増え続ける。

熊本市内には立体交差がまだ少ない上に、主要道路を外れると一方通行の路地が多い。名案があっても莫大な費用がかかるので、今のままでは空想にとどまるのが関の山か。このまま道路整備が進行しないのであれば、中心部への車の乗り入れを制限する必要があるのではないか。

熊本市には環状線がない。熊本市中央部を通り抜けずに市内を通過するには、国道3号線を地下バイパス化する方法はどうだろうか。市内への乗り入れを制限するパークアンドライドや、自動車ナンバーの奇数偶数で乗り入れを制限する方法など対策を講じる時期に来ている。交通センター再開発に伴い、中央部に人が集まる。道路行政は先行して考える時だ。

2017. 12. 31
貴重な体験

本年5月より続けてきた投稿を一旦終了します。ありがとうございました。

450字の文章を綴ることに魅せられて書き続けてきました。駄文拙文だらけでしたが、自分の考えを450字で表現することは、多方面の知識を確認し、一字一句を推敲することにつながり、頭を使う大変貴重な経験でした。

日本の現状はこのままでいいのだろうか、という自分自身の問題意識が出発点です。今の延長には日本の未来はないと断言できます。

100年計画を立て、権利や自由などの私権を少し抑えてでも公共の利益を優先して、国土を見直さなければ魅力的な生活環境空間にはならないでしょう。

シンガポールが行ってきたこと
ドイツは街路の美醜が価値観
イタリアは美しい小さな村の国

魅力的な美しい国土をつくっている国はあります。日本にはもともと美しい国土があるのですから……。

あとがき

便利な世の中になってはきた。愛用のタブレットで文章を書くのは楽で面白い。文字も文章も上手くないのでタブレットさまさまだ。近頃はとみに手書きでは難しい字が書けなくなってきた。易しい字も思い出せなくなってきたようだ。老化現象もあるかも知れない。

3年ほど前に、熊本在住の友人かじえいせい氏が自著『夢は60歳から現実化する。』(Clover出版)を天草に遊びに来た折にプレゼントしてくれた。「『老春時代』の成幸術」のサブタイトルのように60歳からの人生の指南書である。

タダでもらった本の紹介を熊日新聞の「わたしの三つ星」に投稿したら掲載されて、図書券までゲットしたのでダブルプレゼントになった。もちろん図書券は孫のプレゼントになったのでトリプル「成幸」になったのである。

彼は3冊も自著を出版している。すごいなと思っていたが、わたしも生涯で1冊くらい本を書いてみたいと思っていたので本書の出版で自己満足はしている。

本書はできれば地元の出版社で印刷発行できれば良かったのだが、その点は申し訳なく思っている。

山下 國人（やました くにと）

1948年熊本県天草市生まれ（旧本渡市栄町）、熊本県立天草高校、青山学院大学経営学部卒、1970年海外ツアーオペレータに就職、初任地シンガポール、福岡勤務中に父病死のため帰郷、1974年やまとや旅館家業後継（3代目）、1981年天草プラザホテル開業（1983年、2015年増築）、1983年有限会社山藤屋設立、1986年代表取締役就任、1992年プラザホテルアネックス、1998年茶寮やまと家、2007年プラザホテルベルメゾンを開設。その他、ビルや古民家を再生。2023年取締役会長。プラザホテルキューブ開設。

真夜中《まよなか》は、自分時間《じぶんじかん》。
―日日是《にちにちこれ》「稿《こう》」日《じつ》―

2024年2月28日　第1刷発行

著　者　　山下國人
発行人　　久保田貴幸

発行元　　株式会社 幻冬舎メディアコンサルティング
　　　　　〒151-0051　東京都渋谷区千駄ヶ谷4-9-7
　　　　　電話　03-5411-6440（編集）

発売元　　株式会社 幻冬舎
　　　　　〒151-0051　東京都渋谷区千駄ヶ谷4-9-7
　　　　　電話　03-5411-6222（営業）

印刷・製本　中央精版印刷株式会社
装　丁　　弓田和則

検印廃止

Printed in Japan
ISBN 978-4-344-94958-4 C0095
幻冬舎メディアコンサルティングＨＰ
https://www.gentosha-mc.com/